孝·亲 三部曲

亲享

拥享亲情的温软故事

王学武 主编

北京大学出版社
PEKING UNIVERSITY PRESS

图书在版编目（CIP）数据

亲享：拥享亲情的温软故事 /王学武主编. —北京：北京大学出版社，2013. 10
ISBN 978-7-301-23139-5

Ⅰ. ①亲… Ⅱ. ①王… Ⅲ. ①散文集－中国－当代 Ⅳ. ① I267

中国版本图书馆 CIP 数据核字（2013）第 209855 号

书　　　名：亲享——拥享亲情的温软故事
著作责任者：王学武 主编
策　　　划：李 东
责 任 编 辑：邓晓霞
标 准 书 号：ISBN 978-7-301- 23139-5 /G · 3696
出 版 发 行：北京大学出版社
地　　　址：北京市海淀区成府路 205 号 100871
网　　　址：http://www.pup.cn
电 子 信 箱：zpup@pup.pku.edu.cn
电　　　话：邮购部 62752015　　发行部 62750672
出版部 62754962　　编辑部 62767349
印　刷　者：北京大学印刷厂
经　销　者：新华书店
880 毫米 × 1230 毫米　32 开本　7.375 印张　173 千字
2013 年 10 月第 1 版　2013 年 10 月第 1 次印刷
定　　　价：28.00 元

contents 目录

如果你还在（代序） 王学武 /1

家心

1. 家心 张抒扬 /6

父母在哪儿，哪儿便是家。家，在我的心里，时常是父亲母亲的一通电话，是不论在哪儿彼此的一次相见。

2. 玩牌 欧阳斌 /15

对打牌取得胜利这件事情的在意，和对毛主席的尊敬一样，在爸爸心里不可侵犯。

3. 父亲的心事 程萍 /22

我的眼泪一下流了出来，忽然间意识到：爸爸老了，不再是驰骋战场的英雄，不再是志在四方的汉子，80 多岁的他，开始需要儿女的理解、关爱和慰藉。

4. 何处是家 邵二郎 /27

家，是一个给人遮风挡雨的地方，是一个让人心灵休憩的地方。可是，对妈妈来说，家却是一个梦。

5. 渐远渐行 戴馨雨 /33

人生，有时候不得不带着亲情远行。我唯一能确定的是，无论我在哪儿，只要关心常在，家的温暖就在身边。

6. **酒父**　　齐玄江 /37

我曾问父亲酒到底是什么滋味，他说：“日子就像一棵树，酒就是每天浇灌它的雨水，它能使树坚强地长下去。”

7. **爱是习惯**　　高晶 /44

感恩前行的路上一直有父母的关怀，让我在纷繁复杂的世界中获得了内心的安宁。我没有太大的奢望，只想在这个我已经安家的城市，接父母来一起生活、颐养天年，永远守护我最珍贵的财富。

8. **大路、小路……**　　王学军 /50

车子开动了，不自觉回望那个熟悉的窗户，猛然发现，一个熟悉的人趴在窗口一动不动望着楼下。我知道，那是母亲看着我，看着我的车从社区的小路驶向大路，而我，要从大路去远行……

亲享

9. **声香渐翕习**　　张翕 /56

对上有老人，下有儿女的中年人来说，老人永远没有错，错的只是儿女；小孩子永远没有错，错的只是教育者，我们的年龄支撑老人的希望与孩子的未来。

10. **爸爸妈妈的骄傲**　　王倩雯 /63

有快乐而不能分享，也是一种惩罚。我恍然醒悟，原来我一直在剥夺妈妈的快乐，剥夺妈妈心中的骄傲。

11. **盛饭**　　屈平 /70

记忆中的母亲温和、干练，还非常时尚，而现在母亲变得固执，还爱藏一些垃圾，连自己喝水的杯子每天也要找上好几遍。

看着渐行渐远的母亲吃饭的样子，我却有种说不出的滋味。

12. 出海　　许艾素 /75

我用手抚摸着爸爸已经松弛的臂膀，忽然想起小时候，也是这个臂膀，曾那么结实地扛着我在大海里学游泳。躲在爸爸身后，我一边给他洗澡，一边任凭泪水横流。

13. 讨打　　钱一成 /78

三十年前的那顿“讨打”，是此生最难忘的事。感谢现在已年过八旬的老父亲曾经的用心良苦，让我终身受益，但对父亲当年拿着棍棒的追打，感谢的话却始终说不出口。

14. 九旬老爸印诗集　　王新宇 /85

今年正月，我和老爸说，今年 90 大寿，我们出一本真正属于自己的诗集吧，老爸欣然同意。

老爸性子真够急的，急得作为儿子的我深感惭愧。

15. 乡亲　　邢汝霖 /90

父辈那一代的亲人相继去世后，亲情没有因此而断线，住在城里和乡下的这代人，仍像血液那样脉承。

这样的时刻，你感受得到，有一种亲缘，在彼此的心里延伸。有一种温暖，在我们的心里传递。

16. 爸爸的头发　　岳白波 /95

亲情不需要理由，只需要共享。对爸爸头发的牵挂让我们自动聚集在父母身边，陪他们吃饭、散步、聊天、打麻将，听他们唠叨、接受指导……

17. 童车港，童车港　　欧阳斌 /101

一整夜我几乎未合眼，妈妈的病似乎也好得很快，这是我印象中少有的让妈妈洋溢幸福的陪伴，我也很幸福，那种不再是形容词的、饱满的幸福。

18. 像谁　张抒扬 /107

我总觉得自己还没有历练到父亲那种波澜不惊的境界，也远未达到母亲具有的，再艰辛的日子也能把生活调理得有滋有味的功夫。

感念

19. 外婆的温度　杨筱艳 /116

当我们爱身边所有人的时候，才会明白，我们的心，原来可以这样大，这样宽。

外婆这一生，从来不肯给别人添一点麻烦，直至生命的终结。这样安静，这样悄然。

20. 不认得了，但记得……　王龙 /124

关于祖母的故事只属于我自己，不能回忆，也不敢回忆。也许需要很长时间，我才能把它们一一讲出来，这真需要勇气。

21. 家父徐老师　徐首红 /127

一直在心里称自己的父亲为家父，一是因为父亲在全家人心中的分量，一是家在父亲心里的重要。

22. 心愿　黄炜东 /132

那天阳光很好，有微风，我在心里告诉母亲："妈妈，我带您来天安门了，是和爸爸一起来的。儿子用 PS 技术为您和爸爸合成了一张天安门的人物风景照。妈妈，你开心吗？"

我不知，也不敢想，PS，是否载得动母亲的心愿。

23. 眺望　李明瑜 /137

相聚时短别时长，公婆在世时，每次告别他们返京，老两口依依不舍仍要舍，只能站在大门口，用目光送行。山道弯弯，修竹长长，都走出好几道弯儿了，回头望，还能看到公婆手搭凉棚望着我们的背影远去。

24. **我的养鸡婆**　　齐玄江 /142

我经常想起外祖母，尤其是那最后一次相见的情景，总是一幕幕出现在脑海里……

25. **地狱和天堂**　　王文晶 /150

父亲，最终去了好人该去的地方，走的时候他的心是安宁的，也许这就是天堂，而他想告诉我的，地狱和天堂其实就在每个人的心里。

26. **崇学**　　钱美仙 /156

母亲，斗大的字不识一个，是典型的农村妇女，但在我的心目中，却是一个崇学有文化的人。

27. **世间最难是父亲**　　王才亮 /161

父亲一生从未风光过，也未富裕过，平平淡淡地过完一个普通工人的一生。他是以一种最普通的人对待子女的模式，完成了对儿女的义务。

28. **父亲的电话**　　黄业 /167

父亲静静地走了，他给我留下一个不可能完成的任务——让我每周代替他给奶奶打电话，不能让奶奶察觉出他已经离世。

29. **祖母早女**　　王昊 /172

祖母的一生很平凡，没有太多的传奇，没有太多的故事，但是她是我一生的记忆，是我一生的牵挂。树欲静而风不止，孙欲孝而亲不待。去年春节，我带着我的儿子回去，我告诉他，这里埋着爸爸的奶奶，她叫早女。

30. 奶奶　　吴永俊 /178

在我笔记本电脑里有一个文件夹，一年里只有清明节这天，我才会去点击，那是我奶奶留给我的全部记忆，一点开，记忆会洒落一地……

31. 手表　　仲富兰 /184

对时间变得敏感，或者说喜欢用手表作为计时工具，把守时视为对别人最基本的尊重，这要得益于我父亲的教诲。

32. 离婚了，我们依然爱你　　杨晓东 /190

父亲去世快两年了，我一直无法从对父亲的愧疚中走出来。时常独自一人坐在为父亲准备的房间里回想和父亲在一起的日子，黯然地流着泪……心底念叨王学武先生的一句话：孝顺，并无来世。

33. 姥姥和妈妈　　王黎 /197

对我一生影响最大的有两个女人：姥姥和妈妈。

34. 远游　　郭洪钧 /205

父母在，不远游，是我们很早就学到的古训，可在我生命里，回味一辈子的幸福，却是父母在时陪父母的一次远游。

35. 握手　　李雪慧 /211

想不起从什么时候开始，握手成了我与父亲交流感情的一种重要形式。

36. 戒指　　许艾素 /216

戒指好像一下子扯开了我和爸爸之间对于死亡的纠结，我们父女俩专心致志地享受他短暂的余生。

亲享（后记）　　王学武 /225

如果你还在

（代序）

王学武

如果你还在，我会陪你下一回馆子，去镇上你常吃馄饨的小店旁边的酒楼对饮，让你请客——先从寄给你的生活费里掏钱，喝完酒后以别的名义加倍补给你。

如果你还在，我们相对而坐。喝什么酒，都听你的。你若喝啤酒，我会右手端着大碗，像你一样食指抠在碗里边，清脆地跟你碰一下，连喝两口，慢动作把碗轻轻往桌上一放。若喝白酒，会学着你，让酒在嘴里停留一会儿，深呼吸后轻轻往外哈一下。不让你喝多，但一定让你有微醉的感觉。

如果你还在，我会给你买一把你年轻时很想拥有的剃头用的推子——老家话叫洋剪，然后趁某一天我喝到微醉时，让你剪一次小时候你喜欢给我们剃，但我们很是不愿意的“汤瓶盖”头型。

如果你还在，我会邀三五位你说得来的亲友，围着八仙桌边喝酒边听你讲一生的自豪——在县城做石磅的得意，还有作为城里人的施工员叫你“王师傅”和“老王”时，你感觉很有面子。

第二天陪你到县城寻找你做过的石磅，找到了便让你在曾经的杰作边留念。如果被拆了，也默默地陪你在那儿站上片刻。

如果你还在，我会假装认真地听你在家门口拉胡琴，即便再不成曲调，也会起哄般鼓掌，让曾经拉锯和做石磅的大手拉出的音符，因快乐而感染没有音乐细胞的我。

如果你还在，我会陪你到县城寻找你觉得特别舒服，后来一直没有买到的那种样式的软鞋。如果找到了，咱买他好几双存着，而不用再穿你想穿但觉得走路太重的皮鞋。

如果你还在，我会请最长的假，找一辆干净的货车或拖拉机，走一小段便歇息一小时或住一宿，把晕车的你骗到从未去过的杭州，再把你诓到从未来过的北京，我们一起去瞻仰毛主席。

如果你还在，我也会让不识字的你听到电台著名主持人朗诵因你而写的博文——《父亲的剃头情结》《磅师傅老王》《父亲的胡琴》《父亲，一生最倔是担当》，让你感受父亲在孩子生命中的重要。

如果你还在，我会真正体味你内心的孤独和烦躁，痛改对你的不够耐心。会陪着年纪大后喜欢做心电图的你去看病，会听你讲哪儿哪儿不舒服，即使你半天或一个小时前刚刚跟我说过。

父亲，如果你还在，就不用如果。你不在了，已没有如果……

家心

1. 家心

张抒扬

每每无意中听到朋友提到“家”字，我都会很敏感，心总会发紧一下。

回家，对我，是一种奢侈的享受。从中国协和医科大学研究生毕业留协和医院工作至今，27 年里，大概回家 10 次，专门回家看父母的时间加到一起不超过 30 天，但每次回家都让我幸福好长一段时间。

父母记着“欠”我们一次春游

工作后，儿女每次回家，父母都像要过大节似的，老早就准备一大堆好吃的。知道我们忙，回家时间都很短，父母总是按顿筹划菜谱，而必不可少的程序，父母一定会安排去丰满游松花湖并吃顿鱼餐。

说起游船，小时候我们兄妹三人老是嚷嚷着让父母能像其他小朋友爸爸妈妈一样，带着全家人去离家不远的北山公园或松花江大桥南边的江南公园游玩，像学校里春游一样，带上几个煮好的鸡蛋和几个面包，拿上塑料布去公园，看熊猫、老虎和猴子玩耍，欣赏美丽的花卉。全家人有说有笑，到了中午铺上塑料布，坐在公园里午餐……而去丰满乘船游湖，却是我们那时的奢望。父母老是说“等哪个礼拜天，我们忙完了教学大纲的修改，我们去公园”“等下个礼拜忙完了学校老师的调研，我们去北山公园”。而实际上一件事刚忙完，另一项工作已在那儿等着了，我也因此怪母亲说话老不算数。就这样在无数个期待中，三个孩子高中都毕业了，大哥上了吉林大学，后来到广东工作；二哥由于身体原因自谋出路，学会了修理半导体；我于 1980 年考上北京医科大学，来了北京。因为父母工作太忙太忙，全家人没能在我们年少时一起去一趟公园，但父母退休后仍记得“欠”着我们一次春游。

幸福的是，工作后我第一次回家，父亲安排我们去松花湖游玩，那是第一次和父母一起外出，也是第一次跟着父母坐在游轮上领略家乡山水的美丽。

总是在我最需要的时候出现在身边

回家少而又少，但在我生活或工作遇到重要的事情时，父亲和母亲总会出现在我的身边，这让我感到，在我心里从未离开过家。1988 年，我正筹备结婚，母亲赶到北京为我准备必要的生活品。为买一件颜色鲜艳点的衣服，她跑了好多商店。那个年代，人们还是习惯穿绿色或蓝色的军装或者衣服，很难找到一件红上衣。功夫不负有心人，母亲硬是找来一件小红上衣。在婚礼还不讲究摆酒席的当时，母亲请了几个好友一起吃了一顿饭，表示对女儿结婚的重视和庆贺。

1995 年，我赴美国做博士后研究，没想到父母同时来北京为我送行，这是他们共同生活了四十年之后第一次结伴而行。在机场，我哭了，母亲泪水哗哗的，父亲眼圈也红红的。父亲说："去吧，美国有更先进的技术，学好了，早点回来。"母亲拉着我的手，反复说："不要舍不得花钱，一定吃好，晚上不要学得太晚，早点睡。到了美国，早点给妈妈写信。"

带着父母的嘱托和期望，在美国，我刻苦学习，虽然紧张而辛苦，但没有一天不惦记父母。早上一睁眼，就想到父母："他们今天还好吧？"晚上睡觉前，想的也是父母："他们今天没事吧？"夜里就怕有电话打来，怕父亲或母亲病倒。好多次做梦，梦到父亲或母亲病了，早上醒来，心情极不好的我就用"梦是反的"来安慰自己，在心里，默默祈祷"上帝保佑我的父母平安健康"。心里总有一个念头，父母含辛茹苦，养育我们兄妹三人实在不容易，一定要给他们争光，让他们高兴、使他们幸福。四年里，不但每个周末给父母打电话，而且给父母写的信也装满了一箱子，回国后很多年，妈妈一直保存着这些信件。

四年后回国，父母又再次从老家赶到首都机场。远远看到父亲和母亲时，泪水模糊了我的双眼，他们老了很多。

不久，37 岁的我怀孕了，先是先兆流产，经卧床保胎，后来又孩子早产。看别人生孩子容易，而我经过很多关，每一关，年迈的父母都在我身边。父母为我做饭，伺候月子，直到孩子四个月，母子安全了，父母才回老家。

回家，是奢侈的享受

家，是一份情愫的不自觉。因职业原因，极少回家的我看着父亲母亲年纪越来越大，内心也很想回家陪陪他们。

孩子六岁时，第一次带他回去看姥姥姥爷，同时因为我要参加母校中学的百年校庆，头一次做了休假两周的计划。父母高兴得不得了，逢人就讲，“抒扬这回能待上两周”，言语间脸上乐开了花。父亲和母亲还做了一个更宏大的计划，想带着我们一起去长白山。作为出生在吉林的我，特别是父母活了一辈子了，还没去过长白山看天池。

全家一起去长白山，多好的事！可回到老家的当天晚上，孩子就发起烧来。孩子吃了退烧药，第二天还是不见好，父亲催我带孩子去医院。在医院里，给孩子输液打抗生素，该吃的药也吃上了，一连三天过去了，仍高烧不退，一天二十四小时转着轴地吃退烧药。孩子喝水吐水，什么饭都吃不下去，退烧药让孩子大汗淋漓，出了汗烧退了一小会儿，接着体温又往上走，孩子明显地瘦了下来。记得我小时曾患“无名热”，多日发烧后，父亲买来了很贵的安宫牛黄丸，我吃上没几天就好了，可这次孩子吃了我的同学给买的安宫牛黄丸，还是不退烧，这可急坏了我。真想带孩子回北京，又怕父母扫兴，这么多年没回家，头一次带着孩子回去，父母做了那么多准备，冰箱里好吃的满满的。他们做的计划，去江南公园，去北山公园，去游松花湖，去长白山，还都没实现呢，我不能让他们失望。第三个晚上，我抱着还在发烧的

孩子，心里很是着急。

“让抒扬带着孩子明天就回北京吧，老大年纪才有了这个孩子，别有三长两短的，北京医疗条件好，否则我们老人负不起责任，也对不起抒扬。”平时话不多的父亲早已看出我的心思，他对在厨房忙活着的母亲说。母亲心里很复杂，不过很快对父亲说：“那就赶紧买飞机票吧。”就这样，怀着对不起父母的心情，也不敢抬头正视母亲失望的眼神，我带着生病的孩子提前十天回了北京。

想家的漫漫时光，是一种表达不出的牵挂。回家，于牵挂父母的我，有时就是母亲包的一顿酸菜馅饺子的享受。母亲不但聪明，也是做饭的好手，在生活条件不好的年代里，母亲因为用心，哪种粗粮都做得有滋有味。在棒子面作为主食的年代，母亲愣是靠着粗粮细做的功夫，把棒子面做出了各色花样——棒子面菜包子、茬子条、扁豆茄子熏蒸窝窝头，使我们兄妹在困难的年代也吃得香香的、饱饱的。

母亲做饺子更是一绝，不论姨妈家、舅舅家，还是叔叔、大爷家，包的饺子都赶不上母亲包的好吃。他们无数次向母亲取经，但就是怎么学也没母亲包的味道好。“怪了，大姐的饺子真香”，“大姨的饺子怎么这么好吃”，“老婶儿的饺子味道好极了”，大家都是一脸的羡慕和不解。其实，母亲也不比别人多用什么调料或原料，是母亲用心把各种原料的比例用到最佳。

吃母亲包的饺子，让我们幸福无比。这些年，不论在哪儿吃饺子，都不自觉地回忆起母亲包饺子的情景。吃饺子，是小时候我们的节日，想起吃完饺子后热乎乎的饺子汤，仿佛浸泡着离家的岁月。母亲心里，饺子是儿女永远喜欢的，是母亲对家人团聚的运筹帷幄，而每次回去，父亲都会高兴地小酌几杯。

母亲是再艰辛的日子也苦不倒的女人，再苦的日子里也能把生活编织得津津有味。我们兄妹都没有因为营养问题而影响生长发育，哥哥一米七六，我也身高一米七。人们夸我长得高、长得好时，我的内心充满了对父母亲的感激。

父母在哪儿，哪儿便是家

我们全家很少能团聚在一起，但每个人都以自己的方式享受亲情。大哥每次到东北开会，都专门回去吃母亲包的饺子。善于体贴母亲的大哥，知道如何不动神色地让父亲母亲高兴，哪怕只能抽一个小时和父母在一起，也会一下飞机先打电话提前通知父母“我先去开会，今晚回家吃饭”。接到了电话的父亲母亲，精神头马上来了，立马开始忙这忙那。

年迈的父母几乎每年都会到南方我大哥家待段时间。这样的时光里，我和二哥的电话也跟到了那里，大家的心都往那儿靠拢。平时不愿出差的我，也会珍惜到南方进行学术交流的机会，目的是可以顺便看看父母。二哥也不顾身体不便，飞到那里看父母。父亲 80 岁生日时，我们兄妹三个一起为父亲办了生日会。二哥一曲唱的并不太准的《父亲》，感动了在场所有的人，我更是泪如泉涌。

每次回家，我都不希望给老父亲老母亲添麻烦，不愿意让母亲因为忙着做饭而满头大汗，舍不得母亲累着，更担心她因此而血压上升。我喜欢带父母到外面吃顿饭，留出更多时间说说话。每次回去，二哥总是比过节还高兴，虽身体不便，但总是在别人的帮助下到机场或高速公路口等我。二哥像项目负责人一样，报告父母这段时间的身体状况，而父亲常在一旁微笑不语，母亲则不时打断或纠正二哥的报告，说哪儿哪儿不是那么回事。二哥有时要跟母亲理论，有时却装作识时务，“对对对，我妈说得对”。二哥最喜欢开玩笑，只要有他在，家里总是欢声笑语。

父母在哪儿，哪儿便是家。家，在我的心里，时常是父亲母亲的一通电话，是不论在哪儿彼此的一次相见。

有家的心不孤独，心在的家才温暖。

张抒扬，教授、博导，著名心血管病学专家，北京协和医院副院长。

2. 玩牌

欧阳斌

爸爸和妈妈玩牌的风格很不一样。

爸爸跟我们玩牌时，常规动作是指责、训斥——通常表情不忿，瞪一眼，然后一边摇头一边数落一边把眼睛瞥向其他地方，通常此时还会架起二郎腿，发表一些诸如“你们根本不会打牌、瞎打”之类的“专业见解”。这表情很是招人烦，原本跟他一伙儿“斗地主[①]”的，恨不能“反水”跟“地主”一起“斗”他。

说“专业见解”，是因为旁观者猛一听会觉得他的分析有理有据，可很多时候其实这些不负责任的言论相当主观，是根据他手里的牌和他的需要来作的判定，不免独断，不过他是绝不承认的。通常，他算来算去反复分析冥思苦想，伴着大声呵斥，瞪眼，偶有耍赖，甚至有时冲突上升至“外交”层面，跟我们——尤其是我——发生严重、短暂的邦交关系恶化，气氛变得十分不友好，不欢而散。对打牌取得胜利这件事情的在意，和对毛主席的尊敬一样，在爸爸心里不可侵犯。

① “斗地主”是一种扑克牌玩法。

爸爸常用的技巧是，出牌的时候，一边抽牌一边沉吟，你无法界定他是自言自语还是正式的官方决定。但是，牌握在手中，悬在空中，会有较长时间，这个时候，他会用余光留心别人的反应，见机行事。有时候他还会把牌收回去换其他牌再出，根本不顾别人的感受，理直气壮，理由是“我还没放下来，我还在想”。如果遭到我的强力反抗，他甚至反过来斥责我，“你打牌怎么这个样子”，我实在是不能接受他这样“欺压”别人反而以“被欺压者”自居，而且又好气又好笑的是，看得出来他还真是发自内心的这么认为。

应对爸爸这样的战术，妈妈会说，“好，你出”，不与他计较。而我一般会等他出“稳”了我再出，他就白“演”一场，偶尔也有我得意或是心急的时候中了他的“招”，气得不行，想强行把牌给他抢回来，可他决计不会妥协，最后必须得逞。当然，这种情形姐姐指定上当，而且浑然不觉，她的玩牌智商完全毫无可能应对爸爸的水平和风格。

我跟爸爸打牌时，妈妈总是在旁边不停叮嘱“别吵架啊”，时刻不安地关注着我们的气氛。有阵子我跟爸爸两人“斗地主”，为了跟他斗智斗勇，在他摸完牌后从老花镜上方端详手里的牌并大加谋划的时候，我就趁机偷牌换牌。由此我还发明了一种双人“斗地主”玩法叫“斗牛”，这种玩法后来在我的朋友小圈子里还被推广并得到称赞。

爸爸在小地方当了几十年硬气清廉的干部，始终没当过“一把手”，在一把手高概率贪污被抓的公路管理局，这真是万幸。我经常想起他打牌时瞪眼、“发毛①”、“只有老子最正确”以及不饶人的样子，想必他面对领导时亦是这般做派，每每及此，很欢乐。

妈妈打牌通常是“打就打了”的语气和表情，爸爸夸她“勇往直前”。妈妈不怎么算牌，有好牌就出。打牌打到关键的时候，她把牌捂着，按到腿上，好像手握国家机密，看着对方说，“好，你打”。

妈妈是小学老师，每年暑假，妈妈经常跟我和姐姐一玩就是一天，玩我们地方的“汉牌②”，俗称“上大人”。我和姐姐还带上零花钱玩，赢妈妈的钱。我们三个全神贯注，由于爸爸没有参与的缘故，气氛友好和谐。后来，妈妈提议说，“屁胡”胡起来没意思，要不“二十胡”不让胡，我跟姐姐欣然赞同。再后来，

---

① “发毛”在湖北当地方言里，是指“脾气来了”。

② “汉牌”是一种湖北地方纸牌，又俗称“上大人”。“二十胡”、“三十胡”，等等是“汉牌”的计胡方式。

她又提议，"三十胡"也不让胡。最后，"四十胡"也不让胡了。于是我们娘儿三个成天"胡大胡"昏天黑地，时有牌互相卡着，最后闹到黄庄的下场。第二天我们起来交流心得，昨晚做梦不管内容是什么，全是牌的样式，于是继续开战"胡大胡"。

爸爸跟妈妈打牌场面热烈，一个左思右想诡计多端，一个勇往直前；爸爸算来算去，妈妈"哐哐"就炸。他们有个小本子，记录战绩。上面有计分，还有一些当日小结，诸如"今日老夏小胜"，"今日老阳大获全胜"——这肯定是爸爸写的。还有，爸爸输得比较惨的时候，妈妈会让他写上，"夏师傅水平高超，老阳心服口服"这样的话，各种写法都有。虽然这样低姿态，爸爸还是会服从的，因为儿女不在身边的时候，还得妈妈陪他玩。

妈妈虽然很喜欢赢的感觉，但是她不会太较真，会顾全爸爸、姐姐和我的感受，正如她虽然有事业心，但是做到小学校长时，因为要照顾好我们，没干几年就退了下来。妈妈不去外面玩牌，而爸爸经常出去玩牌。我和姐姐同时上大学那些年，家里很拮据，爸妈不高的工资几乎全给我俩了。妈妈说，那些年爸爸靠打牌补贴生活不少。也许是老天有眼，也许是运气特别好，也许是朋友有心，也许是爸爸报喜不报忧，反正，总是赢。当然，爸爸认为所有原因是自己牌技高。妈妈每次看到爸爸打牌归来时添置些东西，便知他必是赢了。

后来有一次，有人跟我说，她爸爸说我爸爸打牌时“脸相”不好，我很想替爸爸跟那位叔叔说声抱歉。我能想象爸爸打牌时紧张严肃的样子，一是个性好胜，一是想着我和姐姐的学费。

那是我唯一一次没有觉得爸爸“牌品不好”。

欧阳斌，湖北人，历任《中国财经报》、《计算机世界》记者、编辑，搜狐IT副主编，计算机世界报社副社长兼计世网总经理（兼总编辑），优朋普乐副总裁。现任千树科技CEO。

3. 父亲的心事

程　萍

我心中的父亲不仅是位慈父，更是位英雄，硬铮铮的男子汉。

在远去的记忆中，我清晰地记得，三四岁的时候，妈妈带着我和弟弟去部队看望爸爸。军营在山里，经常隐隐地听到“嗷嗷——”的长啸。兵叔叔抱着我说：“听，这是狼叫。可不要乱跑啊！”我吓得扑进爸爸怀里。爸爸轻轻拍着我的背说：“别怕，爸爸一枪打死一只大灰狼。”在我幼小的心里，爸爸俨然是位英雄。

爸爸确实是英雄，立过多次战功。解放战争中，他作为四野的一名勇士，打四平、攻锦州，参加辽沈战役、平津战役、渡江战役、广西剿匪、解放海南岛……一路南下，一双脚走了大半个中国，经历了解放战争反攻的全过程。万山群岛海战，他就战斗在著名的“奋斗号”炮艇上。无数次枪林弹雨，出生入死，他连眉头都不皱一下。爸爸九死一生，为新中国的诞生立下功劳。

爸爸是神枪手，曾经是著名飞碟射击冠军陈德厚的教练。上世纪60年代初期，他总是作为海军射击尖子参加全军的“大比武”。

那时的爸爸好神气，从腰间拔出手枪，“啪啪啪——”清脆的枪声响起，靶场四周的红旗便“呼啦啦”舞成一片。我知道，爸爸又是枪枪十环。

小时候，每逢过年，爸爸都要讲过去的战斗故事，我们姐弟忙着抢好吃的，很少听进去。但是，爸爸常挂在嘴边的一首诗却深深地嵌入我的记忆：“男儿立志离乡关，誓不成名不回还。埋骨何须故乡土，人间到处是青山。”那时，我不知这首诗的出处，但爸爸那股四海为家的豪气却深深地感染着我，影响着我。

不知从何时起，爸爸有些变了，总叨叨要回老家看看。我和弟弟们出生、长大在军营，不知老家什么样，考虑到妈妈的身体，力劝爸爸不要折腾。历来心平气和的爸爸发火了：“你们没在老家待过，去不去我不管。你妈妈和我一起从老家出来，必须和我一起回去！”无奈，大弟弟送爸妈回去，小弟弟又去接他们回来。

从老家回来，爸爸兴奋了半年，见谁和谁说老家的见闻。不久，他开始念叨要给他爷爷和他父母修墓立碑。我的爷爷奶奶去世早，爸爸兄弟四个和一个姐姐，都是太爷爷带大的，他对太爷爷有很深的感情。解放初期，太爷爷去世时，爸爸从部队赶回老家，却没能见上最后一面，这成为爸爸终生的遗憾。

为了了却爸爸的心事，我为太爷爷、爷爷撰写了碑文，2006年夏天，又陪爸爸回乡，带着爸爸选定了墓碑，安排好刻写碑文等事宜。为了办好这事，爸爸在老家住了半月。立碑那天，爸爸带着家族老少，正正经经举办了一个仪式。那年爸爸已经80周岁，他却觉得自己有使不完的力气，仍然可以担当大事。

感觉到爸爸的明显变化，是2008年冬天。我获得国家留学基金全额资助，于2007年11月赴德国彼勒费尔德大学做访问学者。一年飞逝，当我满载而归的时候，一踏进父母家门，让我霎那间心灵震撼的是，一年不见，爸妈竟突然间老了。没等妈妈张口，爸爸已张开双臂，颤巍巍地向我扑来，嘴里说着："女儿，你可回来了！爸爸好想你啊。"说着，眼里噙着泪花，把我拥进怀里。

我的眼泪一下流了出来，忽然间意识到：爸爸老了，不再是驰骋战场的英雄，不再是志在四方的汉子，80多岁的他，开始需要儿女的理解、关爱和慰藉，也忽然领悟了古训"父母在，不远游，游必有方"的深刻含义。那一刻，我暗暗在心里告诫自己：在爸妈健在的日子里，我不再为"事业"出远门。我要好好陪伴他们，照顾他们，让他们享受天伦之乐，感受女儿的爱。

这两年，爸爸总像有心事，欲说还休。妈妈悄悄告诉我，爸爸总在夜深人静的时候说："等我死了，把我送回老家，埋在我爷爷和我爸妈旁边，我害怕孤单。你也要和我回去。"妈妈的"告密"让我很吃惊，曾经常常吟诵"埋骨何须故乡土，人间到处是青山"，嘲笑迷信的父亲，竟然也越来越看重叶落归根，害怕死后孤独了。

爸爸的心事让我很纠结。我在父母的漂泊中出生和长大，在自己的漂泊中成长、成熟，我没有故乡，没有村前那条小河、房前那棵小树的依恋。繁华的都市像大海，我只是海中游弋的一条小鱼，不知来自哪里，归向何处。爸妈要是回老家，今后我去哪里？我不想离开他们，也不想去那个他们曾经熟悉而我却非常陌生的地方……

程萍，国家行政学院社会和文化教研部教授。

4. 何处是家

邵二郎

“现在真不知道哪里是家。”妈妈突然冒出了这句话。我当时一愣，连忙答道：“这就是您的家呀！”虽然如此说，但心里明白妈妈想说啥。

家，是一个给人遮风挡雨的地方，是一个让人心灵休憩的地方。可是，对妈妈来说，家却是一个梦。

常听妈妈提起，她在5岁时就随着30万新安江移民大军，从浙江淳安移民到浙江开化。当时，新安江水电站作为国家“一五”重点工程，很多人为此舍小家为国家。妈妈回忆，当时是先和家人寄居在当地人家里，等自己把房子盖好，再搬出去。当地人给移民起了个新名，叫“新安江人”。后来，赶上三年自然灾害，当地连年饥荒，国家不得不安排二次移民。1969年，15岁的妈妈又随家人移民至江西婺源。就这样，妈妈刚适应了从淳安人到新安江人的转变，又一下子从新安江人变成了江西老俵。但在江西本地人眼里，他们却被直呼为“浙江移民”或“浙江佬”，言语中甚至有些歧视。为此，妈妈总是情愿相信村里的谣传：今后国家经济好转了，还会再把我们迁回浙江的。

自从有了哥哥和我之后，妈妈从早到晚开始为小家忙碌着，那个浙江的家渐渐淡去。那时候，爸爸妈妈带着我们过得很辛苦。我们一家四口挤在不大的两间房里，和爷爷、奶奶、叔叔共住。房子是自己垒的石头房，夏天凉爽，冬天冰凉。尽管如此，妈妈看着我们渐渐长大，虽然艰苦，但依然享受着家的温暖。那时候，妈妈总是用一根背带把我栓在背上，忙着洗衣做饭。吃饭的时候，一家人围坐在一个大水缸旁，上面有个木头盖子。

到了我上小学四年级时，需要离家走五里地去寄宿。那时还不到 9 岁，妈妈特别担心我。我现在有了孩子，才有点体会当时父母的担心和牵挂，那是一种不舍但又很无奈的心情。每当新的一周开始时，妈妈总是站在家门口，强忍着泪水，目送我们兴高采烈地离开，而她总在不停地挥手，不停地嘱咐。这种离别之景一直持续到我工作多年，而且每次间隔时间越来越久。对于我们这代寒门学子，总是和家人聚少离多，亲人们总是在不停地互道离别和珍重。作为儿女，我们早已习惯了这种离别，匆匆地来，匆匆地走。但是，对于父母，这是一种多么残忍的事情，他们从不主动要求子女回家，也不奢望子女有多富贵，但总是在默默地为子女祈祷平安，热切地企盼着子女归来。有时候，我甚至内疚地想，像我们这种常年在外的人，对父母连最基本的陪伴都没有，更何况是照顾和尽孝，简直跟没生一样。我不忍心爸妈的孤单，总是尽一切可能多跟家里联系，让爸爸妈妈有个完整的家的感觉，而不是那个空荡荡的房子。记得上大学的时候，我每周总在学校里的公用电话亭排长队，跟妈妈聊上几分钟。工作以后，为了能常和妈妈闲聊，起初是买长途 IP 电话卡，后来是给自己手机办长途套餐。尽管如此，我还是惭愧地感到：爸妈的声音依然熟悉，但他们的相貌越来越模糊。

2011 年，经不住我的“威逼利诱”，妈妈不舍地离开了生活

40 多年的小山村，到了北京。妈妈知道要来北京，十分担忧，有时甚至睡不着觉。她担心晕车，怕路上坚持不住；又担心在北京待不惯，会和没在一起生活过的儿媳合不来。对此，我都想方设法去解释和宽慰。实际上，从我内心角度讲，让妈妈过来不单是照顾孩子，还能在一起生活，弥补我长期不能陪伴她的缺憾。

起初，妈妈刚来北京，对一切都很好奇。逛逛故宫，转转天安门，参观人民大会堂，再爬爬长城，每一天都是开心和快乐的。可有一天，妈妈对我说，她想家了，经常晚上梦到村里的人和事。我说，那找个时间，送她回家待一阵子。妈闻听此言，忙又摆手说："不用了，你们上班忙，我回家了，没人帮带孩子！" 我知道妈妈还是因为心疼我们，不忍心丢下我们回老家。对她而言，那个原本不是自己家的老家，已经是她内心的家了，而我们这个看似家的地方，其实不是她内心的家。记得有一次，她对我说，小区里有个也是从外地来的老妈妈跟她说："这是儿子的家，不是咱们的家，这里咱们没份。" 我听后，知道是妈妈的试探，赶忙跟她说："这就是您家，咱家跟别家不一样，在这儿您说了算！"

为了让妈妈在北京更有家的感觉，我和媳妇咬牙在北京郊区买了个二手房，楼层在二楼，方便身体不好的妈妈上下楼，房间外还有宽敞的台子可以种东西，楼下院子里也可以开荒种点菜。小区就在一条大河边上，晚上还能到河边散步，有点小江南的感觉。我想，这个地方妈妈应该会喜欢。

搬家后，妈妈开心多了，似乎有了点家的意思。第二年春天，妈妈在窗台上的小盆里散下了老家带来的辣椒籽，满心欢喜地盼着发芽，还栽了些小葱。小芽慢慢破土，妈妈很兴奋。但妈妈说，北方和南方气候差异大，小芽不知道能不能长大。

其实，我心里清楚，妈妈忧心的不只是小芽，更是对自己归属的迷失。小时候经历了二次移民，家总在搬，环境总在变，缺失身份的归属和认同；做了妈妈后，子女常年在外，聚少离多，缺少家的完整和温情；做了奶奶后，又在子女的小家间不停移转和适应，缺少家的习惯和话语权。对妈妈来说，家已然是一个心灵的港湾，已然是一个遥不可及的梦。

邵二郎，现就职于文化部文化产业司。

5. 渐远渐行

戴馨雨

我小时候总爱黏着父母，觉得有他们牵着小手就拥有了全世界。随着我慢慢长大，在家的时间越短，更长的日子里是把亲情的牵挂背进行囊，然后独自走向外面的世界。

上幼儿园，是我人生中第一次离开爸爸妈妈。当时我有着强烈的不安全感，第一天就赖着不肯上学，妈妈好说歹说都没有用，结果爸爸找了根棍子就解决了——他作势要打我把我赶出了门，还跟在我身后催着我走了一路，直到把我送进了教室。我坐在教室里，周围的小朋友有一半都在哭，于是我也跟着一块儿哭，还一边喊着妈妈的名字，一心只想着妈妈怎么还不带我回家。

长大之后才知道，那次爸爸在窗外偷偷地看了我好久，直到看到我跟着老师和同学们一起做游戏破涕为笑之后才转身离开。

高中开始住校生活，告别了每天放学就能回家吃香喷喷热腾腾饭菜的日子。学校的管理尤为严格，平时不让父母进校，每周三傍晚妈妈便和很多家长早早地站在我们晚跑必经的小门外，伸着脖子仰着头努力寻找队伍中的我，然后隔着高高的铁栅栏大声地喊我的名字。在拥挤的人群中我一眼便可以望见她——她满脸笑意，缓缓摆着手，身上洒落着落日的余晖。

每周妈妈拿饭来的时候都是我最幸福的时候，因为那饭盒里满满装着的，不仅仅是悉心烧制的美味，更是妈妈温暖的关怀。

大学来北京，从小江南飞到大帝都，两地之间隔着千山万水。初到北京，陌生的环境和陌生的同学让我难以适应，一想起爸爸妈妈总会离开身边，心里就像突然缺了重要的一块儿。开学后一个闷热的午后，他们将要启程回家。在寝室楼下的花坛旁边，他们笑着看着我，只是说了一声“我们走了”。我轻轻点点头，看着他们转身慢慢走开，好想叫住他们，请他们再陪我一会儿，但是喉咙像是被什么堵住，到底什么都没说。他们也再没有转身和我说再见，只是越走越快，留我一个人一边咬着嘴唇，一边看着他们的身影

消失在校门口来来往往的人流中。

但是我想妈妈一定是哭了。她一定是哭了。

如今大学已过三年，成长途中总有坎坷荆棘，我很少把这些讲给父母听。或许是心意相通，妈妈经常可以通过电话听出我的情绪好坏。在我觉得孤单和无助的时候，总是会听到他们说：“想回家就回家吧。”这句话就像细流一样安抚我的情绪，告诉我尽管他们不在身边，但是当我想要暂停或者休息，家永远不会拒绝我的请求；而且无论我朝哪个方向前进，他们始终在背后守护着我。

人生，有时候不得不带着亲情远行。我不知道未来的人生旅途我还会不会继续背起行囊离开家走向更远的地方，我唯一能确定的是，无论我在哪儿，只要关心常在，家的温暖就在身边。

戴馨雨，中国人民大学经济学院学生。

6. 酒父

齐玄江

父亲喜欢喝酒，酒量很大，年轻时能喝一斤多老白烧，所以那时村里谁家讨亲娶媳妇，都要请他当陪亲客。

老家婺源大山多，大路走完了，经常是要穿过一片老树林，翻过一排石岭，才到女方家。老家讨亲的风俗很多，其中最重要的一条，就是女方要把男方来讨亲的人喝翻才算脸上有光。讨亲一般三五人，以父亲为首。女方请喝喜酒，下午五六点，其他酒席都散了后，有一桌酒席是不散的，那就是请男方讨亲人的酒席。对于这桌酒席来说，真正的喝酒才刚开始呢。女方把村里最能喝酒的人请了来，拼起两张八仙桌，双方十多人摆开架式。喝法很公平，先是划拳打通关，然后是单独挑战。

父亲往往是众矢之的。听人说，父亲的拳划得很好，我也见识过，他声音洪亮，气宇轩昂，五个手指收放自如，右手上下翻飞，看上去很美。"一点，一点高升～～"父亲捉住了对方的拳，就会用摇曳的声调拖长声音，用得意的眼神看着对方。对方顿时羞愧了，端起杯一饮而尽。这酒要喝到晚上十二点多，许多人趴在桌上或出溜到地下。父亲叫着嚷着，酒喝了很多，但还是没有醉。第二天，讨亲的人抬着嫁妆，父亲用自行车驮着新娘，翻过石岭，穿越老林，一直到山口大路上等着的汽车旁。

在村里，村人都叫父亲“酒王”，不知有多少媳妇是父亲帮助讨亲娶来的。

我曾问父亲喝酒不醉的秘密，他说：“你傻呀，那种场合，酒量再大也会喝醉的。我是借上厕所之机，用中指挖喉咙，把酒都吐了出来，再跟他们喝。”

“酒王”也只是在酒席上风光，回到家里，父亲却不得不面对日复一日的艰难生活。父亲有七个孩子，没人能帮上忙，爷爷瘫在床上，不知多少年了，奶奶是个瞎子，整天摸索着进进出出，而且脾气不好。被生活所迫，父亲平常看上去就像一个木偶，一副愁苦的样子，只有喝酒时，我才能听见他爽朗的声音，看见他脸上的微笑。小时读鲁迅的小说，觉得《故乡》中的闰土很像我的父亲。

父亲在别人的眼中是“酒王”，在母亲眼中有时却是“酒鬼”。

帮人讨亲，父亲喝酒不醉，然而和朋友喝酒却经常喝醉，回来骑车常跌倒在路边的水沟里。看见父亲扶着摔坏的自行车踉跄回来，母亲很生气，骂他：“你这个酒鬼，就知道整天喝酒，有本事就在外面挺尸别回来呀！”

父亲听见骂，也开始发酒疯，边叫骂边摔东西，把碗筷扔在地上，掀翻桌子，把木椅砸断一条腿，整个家被折腾得一片狼藉。母亲只得在一旁垂泪。酒醒了，他又夹着尾巴开始收拾，一副自责的样子。他用老虎钳和铁丝把摔断腿的木椅绑上一根木棍，把摔坏的自行车修好。父亲手很巧，什么活计都会干。那时我们家的许多木椅都绑上了木棍腿。

我们家吵架大多因为喝醉酒。母亲因此不喜欢父亲带朋友来家喝酒，一来，就给脸色，且不下厨去炒菜，父亲觉得丢面子，

慢慢地不再招朋友来家里喝酒。父亲曾对我说："你娘呀……做事就是太细计了！"说细计，在我们那里有会算计的意思，也有小气的意思。这方面，父亲大约不能理解母亲。母亲一来是怕父亲喝醉了，一来有一大家人要养，谁愿意把家里仅有的一点好东西用来招待别人呢？

那一年，母亲生最小的妹妹时，得了产后抑郁症，后转为神经官能症。没有奶水，小妹妹在摇椅里哭了三天三夜，眼看就要饿死，只得送给了邻村的一家人。自此，父亲走上了漫漫求医路。景德镇、横峰……附近市县有精神病医院的地方他都带母亲去瞧，然而瞧不好。我家生活更是雪上加霜，生活的苦痛无法用语言表达。父亲不再替人讨亲，也不再找朋友喝酒，只在晚上自斟自饮喝上两小杯。我知道，那是他精神和体力的动力源泉，是帮他把这个家支撑下去的一剂良药。从他微微发红的眼中，我们知道他喝下去的是一杯杯苦酒、愁酒。

上天保佑，母亲吃景德镇一个老中医的药，病竟然奇迹般地好了起来。父亲从此保留了晚上自斟自饮喝两小杯的习惯，很少出去应酬。

几年前，母亲旧病复发。以前看好母亲病的老中医去世了，吃他儿子开的药也不见效，只得吃西药控制。母亲的性情变得焦虑烦躁，她离不开父亲，总是不停地指挥父亲做这做那。父亲总是低声下气地说："别性急，别性急，啊？……"洗衣（装了洗衣机从来不用，一次回家发现里面都长了蜘蛛网）、做饭和其他家务都是父亲一个人。我们提出找一个保姆，父亲不愿意，一来怕照顾不好，二来怕花钱。以前，父亲每天都要到屋后的菜园、弟弟的鱼塘转几圈，帮助锄草，撒些鱼食。打电话给他，总是高兴地说："我在菜园里呢！"母亲病后，打电话给他，他总是在母亲身边，没说上几句，就听见母亲在一边嚷嚷了。他一面说："别性急，别性急……"一面忙把电话给她。

父亲仍然保留晚上喝两小杯的习惯，这是他一天下来对自己的奖赏和为明天积聚的力量。

为了带母亲出去散心，他把一张躺椅底下安装了两个轮子，把扶手套在他的电瓶车上（我们把老式自行车换成了电瓶车），然后他骑着电瓶车，慢慢地驮着母亲到中云镇去。到镇里，总是引来许多人围观，成为全镇的一景。他们交口称赞："这是谁家老夫妻，真恩爱呀！"这时躺在躺椅车里母亲总有得意之色，父亲也从临街不知是谁家商店的货架上拿上两瓶酒，在镇上转一圈，然后拉着母亲"凯旋"似的回家……

前年的一天，我突然接到弟弟打来的电话，说母亲喝药自杀快不行了。原来她把十几粒药就着父亲的两瓶白酒喝了下去，立马昏死了过去。送到医院抢救，睡了三天才醒过来。父亲很自责，说自己没有把酒瓶放好，并发誓要戒酒。我们安慰他，不让他戒。我们知道不让父亲喝酒等于要了他的命。我们给他买了一个小酒柜，把酒锁在柜子里。

去年春节回家，我和妻子为母亲买了衣服、帽子，父亲除了帽子衣服，还有一双护膝和二斤上好的二锅头。父亲看见别的都不太感兴趣，唯独看见酒眼睛就亮了，立马放在电瓶车上驮到老屋锁在酒柜里（每年过年都聚在小弟家）。妻子看见，总是偷偷地哂笑，说："老爸真是太好玩儿了。"

春节回去，我们总是多陪父亲聊天，晚上陪他喝酒。我们喝得慢，怕父亲跟着多喝了。父亲不知，总是挑战地说："你们杯里还有吗？我可没了。"一口将杯中酒干了。

我曾问父亲酒到底是什么滋味，他说："日子就像一棵树，酒就是每天浇灌它的雨水，它能使树坚强地长下去。没有酒我就活不到今天。小子，你说酒是啥滋味？"他的话使我相信，父亲是一个真正懂得喝酒的人。

齐玄江，《中国财经报》新闻部主任，高级编辑，中国新闻奖获得者。曾出版专著《新闻中淘新闻》、短篇小说集《泽村》和长篇小说《父亲的王国》。

7. 爱是习惯

高晶

记得在小时候描绘爸爸妈妈的作文中，我都会这样写："我的父亲是一名光荣的司机，每天起早贪黑地辛勤工作；我的母亲是一名会计，她每天都在为父亲担心，操心照顾着我和妹妹……"

儿时的印象中，父亲一直是很严厉的，尤其是对我，三十岁有的宝贝儿子，严格的要求让我觉得苛刻得有些害怕：看书时身体要笔直，写作业时眼睛要保持距离，吃饭时不能出声音，犯了错误要勇敢承认……他的教育方式也是简单粗暴，每次都在我猝不及防的时候来一脚纠正错误。所以，我从小一直是很怕他的，现在也是。母亲的教育却比较温和：要善待同学，要尊重长辈，要感恩别人的帮助。在我上初中偷偷喜欢邻居家女孩的时候，她说："人家女孩子学习成绩比你好，你只有成绩更好才能引起她的注意。"然后我拼命地学习和表现自己，当我以全县城第一名的成绩考取地区重点高中后，这段萌动的情愫渐渐地就被即将奔赴外地的兴奋所取代了。

从那个时候开始，我就离父母越来越远。高中在离家 60 里的地方，大学离家 600 公里，第一份工作离家 2000 公里，回家团聚的次数也渐渐地变少了。

我的父亲母亲都是小县城里面再朴实不过的人了，平平静静地生活，即使在我和妹妹相继考取了大学后，每年过年回家团聚，我们在家里迎接络绎不绝的乡亲和邻居们的盛赞时，父亲和母亲也只会低声附和：“是孩子们自己争气。”我所有的堂兄妹和表兄妹都还在大山里，留在他们的父母身边，而我和妹妹同父母却只有隔三差五的电话以及春节短暂的团圆。慢慢地，我们之间的沟通也在发生着改变……

从上大学开始，我每年回家的日子就固定在春节假期里。每年回家的时候，父亲都自己驱车 200 多公里去省城接我，来回 6 个小时的路程大多在腊月底，有时也会是除夕夜或者新年第一天。这已经成为父亲每年春节最重要的一件事。一近年关，他便打电话询问归期，沟通通常是程序化的三句话：“大概几号回来啊？”“选了哪趟火车？”“路上注意安全。”然后，在我每次出火车站的时候，总能在显眼的地方看到身形日渐佝偻的父亲。一向话语不多的父亲，从省城回家的路上却比较兴奋，介绍这一年来县城里发生的变化，然后会聊起我的近况，最后也会发表一下自己对我工作的了解和想法——不过这样的话题，他总会以“前段时间电视上说”开头。最初的时候，我会反感，尤其是他看似无意中提起的关于我工作和生活的话题，总觉得他在不懂装懂；渐渐地，我意识到，其实父亲一直在收集所有关于我的信息——通过电视或者他并不擅长的互联网，然后他会按照自己的理解骄傲地向他的朋友们讲述自己儿子的成就。因为，我偶尔会接到他的电话，说有个战友的儿子想和我聊聊以后的工作规划，这时我就知道，一定是他在和朋友的交谈中把我作为“模范”了。

和大部分的孩子一样，我多数的电话都会打给母亲。多年来我已经习惯于汇报最近的好事，我也想当然地以为这样能让她少些担心。去年有段时间，我因为一些工作和生活琐事烦心，母亲的电话在沉寂两天后打过来，第一句话便是：“儿子，最近是不是不太顺利啊？和妈妈说说啊。”那一瞬间，温暖涌上心头，眼泪

溢满眼眶。原来儿行千里，母亲真的是时时担忧啊。母亲在她的同龄人中，尤其是在山区县城里，算是比较“赶时髦”的人。我们上大学的时候，她就让我给她申请QQ号码，然后取名“妈妈”；每次我登录QQ，总能看到妈妈在那里等着，她还会第一时间发来问候“晶晶你好”和一个大大的笑脸。后来，她又开通了微博，并要我和妹妹关注她，而她的微博内容几乎都是转载的励志或者心灵鸡汤类的内容。今年过年回家，妈妈和我讨论的话题开始转向网络购物如何地优惠和方便。她一直在用自己的方式向我们证明人应该保持积极上进和年轻的心态。

多年来，我们依然保持隔天通话的习惯，每次我都会很耐心地倾听，然后故作轻松地祝他们晚安，心里却总会因为母亲永久性失聪的左耳而深深地自责。记得那时，我刚刚搬到一个新的城市开始新的工作，雄心勃勃地一门心思都在即将开展的新工作上，也就忽略了母亲偶尔提到的耳朵不适。之后，她在亲戚的帮助下看了医生，却错过了最佳治疗时间。左耳不可逆的损伤彻底失去了听力，但这却没有抹去母亲脸上的微笑还有她对我们的关心。那以后，我更明白，父母的年龄越来越大了，需要我的关心也越来越多了，是时候像小时候他们呵护我一样由我来照顾他们了。

现在的我，稳定了自己的工作和生活，感恩前行的路上一直有父母的关怀，让我在纷繁复杂的世界中获得了内心的安宁。我没有太大的奢望，只想在这个我已经安家的城市，接父母来一起生活、颐养天年，永远守护我最珍贵的财富。

父爱如山，母爱似水，而我更觉得无论父爱母爱，都是我生命里最温暖的，也是父亲母亲生活中最自然、最习惯的……

高晶，祖籍山西，毕业于西安交通大学，现就职于微软（中国）有限公司。

8. 大路，小路……

王学军

小的时候一直不太明白母亲为什么总愿意走院子里的绕远的小路，而不是走院子里的大路，长大成人以后才明白，原来是母亲不太愿意和邻居们打招呼。不愿意和邻居们打招呼的主要原因是父亲被“贬”了职，而我的姐姐在那个时候又得了很重的病，母亲怕院子里的人看不起！

很小的时候我就对两个词儿最有印象：“门庭若市”和“门可罗雀”。父亲在职的时候，过年过节我家里都门庭若市。之后突然有一天，就门可罗雀了。对面有个邻居外号叫刘大个儿，常常拿闲话、冷话嘲笑我们家，而母亲只告诉我要好好学习，把其他人的嘲笑当成个“屁”。上到高中后，母亲更是鼓励我好好学习、努力学习，一定要考上大学，为家里争光。为了鼓励我学习英文，母亲竟然和我一起跟着电视台学习《Follow Me》。为了安心让我学习，母亲经常拿着一本书陪着我复习功课。为了培养我的耐心和毅力，母亲经常在停电的时候陪我下象棋，而她经常杀得我片甲不留。高考那一年，电视台演日本电视剧《姿三四郎》，母亲总是说："儿啊，以后你考上了大学，可以天天看啊。"高考通知书下来，母亲的嘴合不拢了。从此，母亲又开始走院子里的大路。后来，我们一家人搬到了干部休养所，与当年嘲笑过我们家的人继续住在一起。

之后的我，工作、娶妻，经过多年的奋斗，1999 年实现了我赴美留学的梦想。从去美国的那一天开始，母亲真是觉得我这个儿子为家庭光宗耀祖了，不爱和人搭讪的母亲竟然成了祥林嫂："我儿子、儿媳去了美国了！"干休所的每个人都知道我去美国留学了。命运作弄人，后来刘大个儿的儿子，我叫刘哥的，利用在银行的职位之便，私自进行外汇交易，被判刑入狱二十年。从此之后，刘大个儿遇到母亲和我，脸上露出的是苦笑。而一说到刘家，母亲从来都是表示关切、同情和惋惜，没有任何一丝一毫

的嘲笑和轻蔑。

2001 年太太在美生子，母亲赶来纽约帮助我们。母亲以前是大户人家的小姐，不会做太多的家务，也不会炒什么菜，但是每天把家里收拾得干干净净。晚上的三顿奶，我太太喂 6 点的，母亲喂 12 点的，我喂凌晨 3 点的。我几乎每天凌晨 3 点都是被母亲叫醒："儿子，起床了，该喂你儿子吃饭啦！""儿子，别睡了，你儿子饿了！"记得一次母亲去几个街区外的华人小超市去买东西，结果迷了路，绕了两个多小时才回家。我和太太心急如焚，问她是怎么找回来的。她说："你妈我还是学过两天英文的，咱家门口有一家咖啡厅，Café 这个单词儿我还是能看懂的，我走过的街道哪里都没有 Café 这个词，绕啊绕，终于看到写着 Café 的咖啡厅了。"

在美国的时候，我们的生活比较清苦，母亲知道我们没有钱，从来没有要求过任何物质上东西，穿的衣服都是从中国带去的。后来母亲牙疼得厉害，她知道美国的牙医非常贵，所以一直不告诉我们，终于疼得忍不住了才开口。我们通过朋友找到了唐人街的一个中国大夫的牙医诊所，仅仅花了二十美元，就把母亲的牙弄好了。母亲欢天喜地像个孩子一样，她高兴主要是我们没有因为她花太多钱。在美国的时候，母亲最大的愿望是去纽约的大西洋赌场看一看，因为那是《北京人在纽约》的主人公王启明曾经去过的地方。因为各种原因，一直没有实现母亲的这个愿望，我遗憾至今！

2001 年夏天，我受邀回国讲学，也顺便看看国内的工作机会。那一夜，母亲忙着为我收拾行囊。第二天早上，母亲担心我误机，六点就把我叫醒了，母亲看着我离开家门。

车子开动了，不自觉回望那个熟悉的窗户，猛然发现，一个熟悉的人趴在窗口一动不动望着楼下。我知道，那是母亲看着我，看着我的车从社区的小路驶向大路，而我，要从大路去远行……

Jack Wang，王学军，F5 Networks 中国区市场总监，新浪草根名博，业余时间创办公益组织海客读书俱乐部。

亲享

9. 声香渐翕习

张 翕

我的母亲常说，她的幸福是系在兜兜身上的。父亲十几年前就去世了，母亲虽然和我们一起生活，但平时我们都上班，母亲一个人总是愁眉不展，没着没落的。自从我们有了女儿兜兜，母亲的脸上便时常洋溢着幸福的笑容了。

兜兜刚出生时，姥姥自然是幸福地忙前忙后，她最大的乐趣就是换着花样儿给兜兜做好吃的东西，兜兜吃得胖乎乎的就是对姥姥最大的回报。

兜兜一岁半时，一次学儿歌，坐在小板凳上拍着手唱："爸爸的爸爸叫爷爷，爸爸的妈妈叫奶奶，妈妈的妈妈叫姥姥，妈妈的爸爸叫姥爷。姥姥，怎么不见兜兜的姥爷呀？" 小人儿唱着唱着，发现了问题。姥姥告诉她："姥爷去世了。"

"姥爷怎么去世了呢？"

"姥爷病了。"

"病了，打打针，吃点药不就好了吗？"

“姥爷老了。”

“老了就会死吗？”

“人老了都会死的。”

“那姥姥也会死吗？”

“姥姥也会死呀。”

“我不让姥姥死。”小兜兜说着说着眼泪就要下来了。

“姥姥不死，姥姥还等着兜兜长大了挣钱买蛋糕呢。”姥姥的泪水也在笑容中涌了上来。

“那兜兜买多多的蛋糕，天天给姥姥吃！”

兜兜上幼儿园之前，一直是郭阿姨帮我们带她。阿姨每天晚上会给姥姥打一大盆水泡脚，偶尔阿姨休息的时候，才两岁的兜兜会提醒妈妈：“妈妈帮姥姥打洗脚水！”

三岁时，有一回因为什么事我和姥姥争执起来，当时我明明觉得姥姥不对，可兜爸爸不由分说，让我给老妈道歉！我还想争，突然看到坐在一旁的兜兜，她亮晶晶的眼睛正看着我，我突然明白，争执的事情不重要，重要的是给孩子做一个什么样的榜样。于是，我马上说：“妈，对不起，是我不对，这事听您的。”

四岁时，一次带着兜兜从市场上买回草莓，家里只有我和兜兜两个人，我照例挑拣出相对差一点的自己吃，细心的兜兜居然发现了：“妈妈，你怎么不挑大个儿的吃呀？”

我说："大个的留给我的妈妈和我的宝贝吃呀。"

"我也要把最好的留给姥姥！"

"好宝贝！"我随口夸她一句，正好有别的事就走开了。等一会回来，发现盘子里果真留下的是最大最红且最新鲜的草莓！

兜兜上学了，我们搬到市区的一套小房间，兜兜和姥姥住一个屋，孩子必须晚上 9：00 以前睡觉。兜兜上床前会把一本书放在姥姥的床头。姥姥很奇怪，问她为什么。兜兜说："我给姥姥床头放一本书，我睡着了，姥姥还可以打开灯看书啊。"

清明节扫墓，以前老觉得孩子小，不必到墓园去，这一次，全家商议扫墓的事情，兜兜表示也想去，还说："我要给姥爷做个贺卡。"

我笑了，"贺卡不必了，你给姥爷写封信吧。"

扫墓前一天晚上，小学二年级的兜兜认真地趴在桌子上写了封信：

给姥爷的第一封信。

姥爷，我是您的外孙女，叫代乐艺，小名儿兜兜。姥爷，我想您，虽然我没见过您，但经常听姥姥说到您。您为什么不来看我呢？您快回来看我吧，您回来了，我就把我最喜欢吃的东西给您吃，把我最喜欢玩的东西给您玩！您快回来吧。

您的外孙女儿，兜兜

2013 年 4 月

Mic

姥姥轻声叹息："姥爷要是活着，看到兜兜这么可爱，该有多高兴啊。"

周六，我在家里编稿。快十二点了还没编完，就催着他们先吃饭。那天刚好姥姥炖了带鱼。兜兜吃得差不多了，看到我还在电脑前工作，就拿了一个干净碗，一点儿一点儿地择鱼肉，姥姥一时也不知她在干什么，说："你已经吃得不少了，别再吃了。"

兜兜却说："我给妈妈择的，妈妈一会儿吃完饭要去上班，时间太紧了，我怕她没时间择鱼刺，先给妈妈择干净了，妈妈就能多吃点鱼了。"

其实这样的事兜兜真是习以为常。平时，她常常把瓜子皮磕了，仁儿却舍不得吃，攒上一大把，送到姥姥嘴里。最有趣的时候，兜兜磕了瓜子给姥姥吃，姥姥磕了瓜子给兜兜吃，一老一小互相喂着吃，那份亲情，让我明白什么叫天伦之乐。

唐代诗人元稹的诗句中有“声香渐翕习”，美好的德行是通过潜移默化传递给孩子的。“老吾老以及人之老，幼吾幼以及人之幼。”推己及人，总是从孝亲做起。

母亲七十岁以后，身体和性格都发生了变化，老

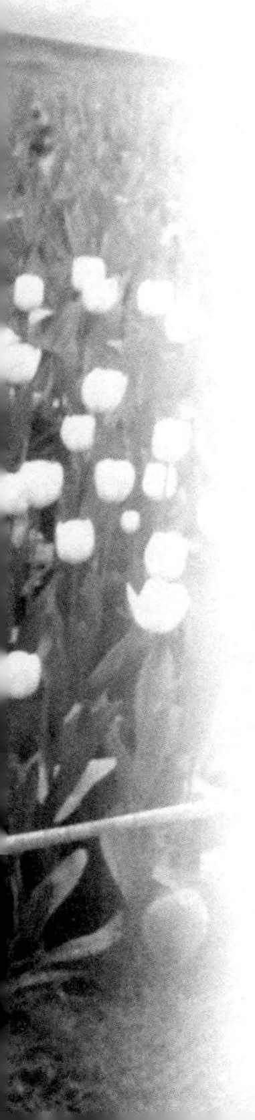

人家需要更多的照顾和安慰。令我欣慰的是，兜兜在一天天长大，她甚至比我更细致地体贴和照顾姥姥。也正是这个原因，对人到中年的儿女来说，或许世界上最不能等待的事情就是孝敬父母；同样不能等待的事情是对孩子的教育。对上有老人，下有儿女的中年人来说，老人永远没有错，错的只是儿女；小孩子永远没有错，错的只是教育者，我们的年龄支撑老人的希望与孩子的未来。

张畲，中央人民广播电台《文化时空·书香两岸》主持人。热爱读书，钟情汉语，崇尚自然，痴心茶道。

10. 爸爸妈妈的骄傲

王倩雯

“妈妈，我拿到那个奖了！”“是吧！”妈妈在视频里眉飞色舞，“妈妈就觉得你肯定行！哈哈！”我笑了，妈妈开心，比什么都好。细细碎碎，拉长扯短，我陪着妈妈视频聊了一个多小时。这是每年母亲节的必备礼物——让妈妈开心。

从我记事以来，爸妈就特别重视我的学习。我上完幼儿园以后，妈妈就给我转学到外婆村里，寄宿在外婆家，就因为外婆村里的学校好，是当时的中心小学。从八岁起，我就一直与外婆住在一起。当时还小，特别想家，尤其到了晚上。爸妈时不时会骑着摩托车去外婆家，和我们一起吃晚饭。但爸妈要回家，这是我最受不了的时候，我会哭闹，要跟着走。爸妈就会想办法偷偷走。要么等我睡着，要么就故意说去隔壁家转转，趁我看电视入了神偷偷走掉。可我那时候对爸爸摩托车的声音特别熟悉，大老远就能准确分辨出是不是他的。所以，有时候，爸爸的车子一入巷口，我就开心地像一只小鸟一样，连蹦带跳地跑出去，跑到巷口去接他，一路把他迎到外婆院子里来。这是记忆中我最开心的时候。但也就因为我能听得这么准，所以他们发动起车子走的时候，也瞒不过我，即使偷偷把车推出老远再启动，我也能听出来，哇哇哭着跑出去追，可是车子却越开越远，车灯越来越模糊。那个时候，我心里就特别难受和不解，为啥妈妈要这么狠心，甩下我而去。就这样，四年，欢欣和难过，不断来回重复着。后来我听妈妈说，她其实每次都在车上抹眼泪，几次想回去把我接回家。可是没办法，为了我上好学校，她只能忍着。

有一年春天，春雨绵绵，南方还有洪涝。爸妈照常在下午四点多去外婆家看我，一进门，就看到我的书本摊在堂前（南方屋子一进门的大厅里）的桌子上，本子铅笔被吹落一地，人却不见了。当时外面在刮风下雨，爸妈当即就跑出去找我。沿着外婆家门口的小溪，他们焦急地寻觅着，看着溪里不断高涨的洪水，妈妈心急如焚。在南方，洪水来得快，如果雨不停，水会很快上涨。妈妈急得快哭了。终于，连找带问，他们在村口的一块水潭附近找到了我。我跟着哥哥出来钓鱼了，站在一块大石头上，给哥哥打伞提水桶。我站着的那块大石头后面的路已经被洪水淹没了，我和哥哥还全然不知。爸爸冲过来，一把把我抱走。我吓得什么都不记得了……等我回过神来，我已经被爸妈带回了家。爸爸铁青着脸，我吓得不敢出声，害怕地看着他。他什么都没说，直接把我的书包抓起来，"哗"的一声扔到雨里，"读什么读！给我回家！"

我的书本作业本散落一地，我完全呆住了，不知道为什么最疼我最要我读书的爸爸，要这样对我的书包。我惊恐地看着大雨打湿了我的书包和本子，眼泪像断了线的珠子一样落下，却不敢跑出去捡……从那以后，我不敢贪玩，在读书上，我不敢懈怠。

第一学期结束后，我欢快地跑出学校，奔向在门口接我的爸爸。爸爸笑着说：“有没有拿到三好学生呀？”我迷惑地问：“什么是三好学生？不过倒是有个什么证书。”我把一本荣誉证书递给他，但我自己却不知道是什么东西。爸爸打开看了下说：“唔，积极分子，好吧，也可以，哈哈。”我看爸爸笑得很开心，自己却纳闷不知道啥叫积极分子。爸爸笑着给我解释：“积极分子呀，就是说你学习还是挺努力的。如果你学习努力，考得好，平时表现又很好的话，就是三好学生啦。”我似懂非懂：“哦，那也就是三好学生比积极分子要好？”爸爸笑着点头。从第二学期开始，我就拿到了三好学生。自此到高中毕业，我就没有再缺过一次三好学生的证书。

在外婆家待久了，不仅十分想念爸爸妈妈，也会想念爷爷奶奶。有一次爸妈出远门，我想爷爷了，就想回家看他。爸妈觉得给我锻炼的机会也好，就让我自己一人乘车回家。没想到，千叮咛万嘱咐之后，我还是太心急了，一下车就向马路对面奔去，被一辆摩托车撞飞……我醒来的时候就看到妈妈哭红了双眼，焦急地询问我哪里疼。我却“哇”的一声哭了，“我要回学校……我

要期末考试了……”哭了一晚上，医生拗不过我，只能让我出院，并叮嘱妈妈一定要小心，否则骨折的腿会有后遗症。

不知爸妈商量了什么，最后的决定是，妈妈背我上学和放学。当时我们学校在半山腰，有很长的石阶要爬。平时我们上学过石阶就玩石头剪刀布，赢的人往上走约定好的几步。只有这样，我们才不会感到累、感到无聊。但妈妈却要背着我，一天上下两趟，中午还要上下给我送饭。南方雨多，下雨了我就趴在妈妈背上，给妈妈打伞。妈妈要特别小心，怕我打着石膏的腿碰着磕着了，被雨淋湿了，甚至还要走得稳稳的，怕晃着了。就这样两个星期，风雨无阻，就为了让我能听上课，赶上大家的复习进度。

学期结束时，我的腿还没有痊愈。妈妈特地骑着三轮车来学校接我，车厢里铺着厚厚的被褥。我记得在山脚下把成绩单和鲜红的荣誉证书给她，她翻开看了之后激动得不得了，说要去找老师。话没说完就把我扔在车厢里又跑上了那些石阶。原来是我考了双百，语文和数学都是满分！我记得那时考得好的时候一般是数学 100 加语文 98，因为语文卷子答得再好，总会在作文上被扣掉 2 分。这次妈妈看到语文居然也得了 100，就抑制不住内心的喜悦，跑去办公室找老师。老师看到妈妈也十分开心地说："王倩雯这次的确考得好，我本来想作文象征性地给扣 1 分，但写得实在是不错，句子通顺，没有错别字，感情也十分真挚，我想想还是给了 100！好孩子啊！"妈妈像是得到了证实，心里又兴奋又踏实——不是老师弄错才给的 100。

妈妈看到两个 100，兴奋地转身就走——这一幕深深地映在我的脑海里，这么多年过去都不曾忘记。那个时候我二年级，傻乎乎啥都不知道。现在回想，也许这才是对妈妈这么多天风雨无阻上上下下付出的最好回报，这才会让她开心得忘乎所以，都不记得我还在厢里。

就是这样的点点滴滴，让我从小学开始便自觉学习，不敢懈怠，也一直保持遥遥领先的成绩。久而久之，方圆百里内的人便都知道我。妈妈更是十分自豪，每次谈到我的成绩就笑容满面，侃侃而谈。而我自己，却因为害怕别人说我虚荣、害怕别人说我有个会吹嘘的妈妈而限制妈妈在外面跟人谈论我的成绩。我不断向妈妈要求，不能说我在学校的考试名次还有获得的奖项，甚至有时流露出反感和生气的态度。一听到有人又在夸我拿了什么奖，我就回家问妈妈是不是又在外面说什么了。开始妈妈还据理力争，但后来拗不过我，每次都像做错了事的小孩一样不断解释，纵使这样，我也将信将疑，每次都是以再次要求一遍告终。直到有一次，妈妈和我出门逛街，又有阿姨上来羡慕地说："哎哟，你家孩子这次又考这么好！真是厉害！"我一回家就瞪着妈妈，没想到妈妈当即用十分无辜的眼神看着我，说："妈妈真没说什么"。那无奈的眼神让我瞬间心很疼很疼。我忽然想到一个故事，一个耶稣信徒在本不该活动的周日偷偷去打高尔夫，上帝看到了，对他的惩罚是，让他百发百中，他却因害怕违背教义而不敢告诉任何人——有快乐而不能分享，也是一种惩罚。我恍然醒悟，原来我一直在剥夺妈妈的快乐，剥夺妈妈心中的骄傲。

一直以为自己理解爸妈，会对爸妈好，有好吃的会让给他们，陪他们聊天，给他们解闷，可是我却没有真正从心底站在他们的角度为他们着想。回想过去，爸妈一直希望并时刻用行动支持我读好书、有出息，在取得好成绩之后，我也一直是他们的骄傲，可我……

愧疚。泪湿衣襟。我想，现在我能做的以及以后应该做的，也许就是不断努力，让他们的这份骄傲能够，一直都在。

王倩雯，中国人民大学经济学院国际商务专业研究生。

11. 盛饭

屈平

“多吃点，你们正是长身体的时候，要加强营养。”“慢点吃，没人和你们抢，看你们这吃相就跟饿了三天似的，好像我虐待你们不给吃饱饭。”每当我和姐姐一起吃饭，常常会想起小时候母亲在饭桌前叨叨我们的情景。母亲唯恐我们吃不饱，盛饭时会给我们盛冒尖的一大碗，自己却盛得很少。看着我们狼吞虎咽的吃相，母亲不断地给我们夹菜，眼睛笑得眯成一条缝。

还是一家人围在一起吃饭，母亲还是母亲，但母亲已不再给家里任何人夹菜，话也非常少，也不问我们学习和工作的事情。母亲只顾自己闷头吃饭，即使对宠爱有加在国外求学的孙子，她也极少提及，而说得最多的是：“今天是星期几啊？”

母亲今年 84 岁，两年前，因脑出血做了开颅手术，心脏也做了两个支架。姐姐和我明显感觉到母亲已不是几年前的母亲了，不知从何时变得陌生起来，对一切事物都非常淡漠。

记忆中的母亲温和、干练，还非常时尚，而现在母亲变得固执，还爱藏一些垃圾，连自己喝水的杯子每天也要找上好几遍。中午问她早上吃的什么，母亲也答不上来，还振振有词地说："我记它干什么，反正是吃了。"进入夏季，母亲依然穿着秋裤，跟她说天气热了，可以脱掉秋裤，母亲说："我傻啊，我还不知道冷热啊，反正我现在不热。"实际母亲已是汗流浃背了。种种迹象表明，母亲的这种表现是一种病态，后经医院诊断为阿尔茨海默综合征，俗称老年痴呆症。

知道母亲患病，但我们从情感上还是不自觉地常忘记她是个病人，遇事不自觉地跟她讲道理，可怎么讲也讲不通，常惹得母亲不愉快。

现代医学对老年痴呆症还没有有效的治疗手段，只能靠药物延缓病情的发展。由于服用药物，副作用也显现出来。母亲的胃口大增，变得非常能吃，早上要喝一袋牛奶加麦片、一个鸡蛋外加两个大豆包，中午和晚上也比经常出去活动的父亲吃的还多。看到体型渐胖的母亲，真是喜忧参半，喜的是，老人家胃口好真是有口福。母亲嘴里时常念叨东北老家的俗话："老饭粒，老饭粒，一顿不吃就断气儿”。忧的是，从科学和医学的角度讲要营养搭配、合理膳食。医生嘱咐一定要控制饮食，过量饮食会导致母亲身体的各项生化指标超标，对高龄老人身体极为不利，这下可给我们出了个难题。

八十三岁的父亲也时常跟母亲讲道理，我也跟她说电视里《养生堂》专家是怎么讲养生的，但一切的开导对母亲来讲都无济于事。母亲还跟我们发起了脾气：“你们什么意思，要开批斗会啊，我八十多岁了，又不傻不茶，吃多少我自己心里有数，不用你们管。”姐姐自作聪明地小声说道：“以后咱们用小一号的碗给母亲盛饭，看着都是一碗，实际是大碗一半的量，这样不就可以减一些饭量了吗？”大家都会心一笑地认为这是个好主意。可是，没过几天大家坐下准备吃饭时，母亲沉着脸发话了：“儿子，你们什么意思啊，嫌我多余吃闲饭啊，怎么你们的碗都比我的大啊，就给我一个人用小碗，这也不平等啊，儿子你看你多孝顺啊，在你家吃饭都不管饱，这让外人看了多笑话你啊。”我立刻满脸堆笑地说道：“老太太您说得对，从今往后咱们都用一样的碗，饭也要盛得一样多，大家必须平等，您批评得对，立马改正。”母亲悻悻地说道：“这还差不多，儿子你可要一碗水端平，人要讲平等啊。”此时的父亲已笑得前仰后合。

答应归答应，办法还要想。为了母亲的健康，我们又想出一个既能让母亲心平气和——大家用的碗都一样大，又能控制母亲的饭量的方法。每次给母亲盛饭时，先在碗里放一些刚炒好的菜，上面再盖上新盛的米饭，等吃饭的时候一边主动给母亲夹菜，一边给母亲把饭菜拌一下，并说：“拌着吃可香了。”母亲就分不出有一部分菜是事先放到碗底的了，以为都是刚夹到碗里的。母亲既多吃了蔬菜，还减少了主食的量，达到膳食平衡，可以说是一举两得，且屡试不爽。

看着渐行渐远的母亲吃饭的样子，我却有种说不出的滋味。

屈平，中国民主建国会会员，北京鑫富瑞普微计算机系统有限公司董事长。

12. 出海

许艾素

爸爸爱干净是出了名的。妈妈过世早，爸爸在60岁时就一个人生活，每天把自己打理得干干净净。爸爸人长得很帅，是前苏联教官培养出来的人民空军第一批飞行员。年轻时，他一身飞行员装束见到妈妈后，很让妈妈着迷。爸爸离休后依旧喜欢穿那种看上去有些像前苏联红军军装样式的衣服，爸爸称之为“派克服”。

爸爸喜欢水，无论冬夏，每天都要泡澡，他说那叫“出海”。他患病报病危之后，每天躺在床上无法洗澡，这令他很难过，眼巴巴地对我说：“丫头，我感觉身上好臭！医生都会嫌弃我的。”我知道，爱干净的爸爸是想洗澡了。

这天，我查看了一下爸爸的病历，感觉老人家身体状况还不错，于是决定给爸爸洗个澡。爸爸毕竟身体弱，不敢让他泡

澡，只能给他淋浴。为了给爸爸洗澡，我在病房洗手间换上游泳衣，一出门，惹得爸爸哈哈大笑："丫头，你上个厕所还换上游泳衣。""爸爸，我要带您出海游泳去。"我笑着说，"不过，您得裸泳。哈哈。"爸爸一下子止住了笑，那么坚强的一个人，居然像个孩子一样哭了。"丫头，爸爸累赘你了。""您说啥呢，我只是想给您洗个澡。以后啊，我每天都给您洗澡，让您永远是丫头的香爸爸。"

爸爸第一次在女儿面前赤裸着身子洗澡，看得出他很不好意思，全身都紧张着，甚至还有些小小的哆嗦。我用手抚摸着爸爸已经松弛的臂膀，忽然想起小时候，也是这个臂膀，曾那么结实地扛着我在大海里学游泳。而如今，爸爸连澡盆里的水都经受不起了。躲在爸爸身后，我一边给他洗澡，一边任凭泪水横流。

洗完澡，给爸爸换上尿不湿，擦上他最喜欢的润肤露，整个房间都弥漫着沐浴后的清香气味。之后的日子，爸爸接受并习惯了我给他洗澡，每到洗澡的时间，他都会说："丫头，你去换上游泳衣，咱们该出海了。"

许艾素，中国人民解放军空军总医院对外宣传负责人，参加过抗击非典、抗震救灾，多次承担国家、军队重大事件和任务的信息组织及报道，曾荣立三等功5次，多次获国家和军队高等级表彰。

13. 讨 打

钱一成

13. 讨打

父与子，有时是世上的一对矛盾，你似乎很难说清谁对谁错。

父亲总以为自己是对的，而儿子未必认为自己有什么错。这么多年，我总不能忘却的是刚高中毕业在家赋闲无事的日子里，被母亲唠叨而引发父亲对我一顿没头没脑、当时让我愤懑的棒追。

记得那是 1982 年 7 月初，刚参加高考后的第一个周六，整个人处在一个高考前紧张学习后的恢复期。起床已经快十点了，磨磨蹭蹭到了中午，母亲早已经在准备着午饭并张罗着要吃玉米馃、吃面或是吃粽子，我说什么都不想吃，就要吃米饭，巧的是那天中午正好没有米饭。郁闷的我到另一个房间懒散地躺着。只听得父亲中午下班回了家，母亲就和父亲唠叨上了。不到一支烟工夫，父亲叫我吃中饭，我说没有米饭，不想吃。父亲一听急了："你妈专为你做的糯米粽、豆腐馅玉米馃，这么好的东西你不吃，还要吃什么山珍海味？"父亲大声说道，"三年困难期间饿死了多少人你不知道，我是草根吃过、橡子树皮也啃过，你还挑三拣四，这不吃那不吃，不是讨打（找打）吗？”说着说着，父亲就火了，两眼怒睁，环视四周像是找棍棒。见势不妙，我从床上一跃而起蹿出了房门。父亲手持一米长的细木条，嘴里边数落着我的不是，边追赶着要教训我，高声骂着：“二十岁的男子汉，不想着做些正事、帮家里忙，还嫌这个不好吃，那个不想吃，现在学也已上完（指高中毕业了），明天就去帮衬做些粗活（体力劳动），也好炼炼手脚，当做是社会实践活动。”因为年轻跑得快，父亲并没有追上我，但手持棍棒追着要揍我的狠劲和劈头盖脸的那番训斥，却烙印在我的生命里。

那年父亲已经是五十有三，腰和耳朵在“文化大革命”中被造反派折磨致伤，造成了中老年病因方面的诸多后遗症，恢复工作后担任着县第一建筑工程公司党支部书记、经理，管着十多个建筑、建材生产部门的四百多名工农子弟的衣食住行，可身体已不如十九岁的我矫健了。父亲两步五台阶在我后面紧赶猛追，加上三百多米的小山路段，终究未能追上我。

父亲虽没打成我，但我不干活的好日子也由此结束。父亲不再让我在家闲待着。说干就干，一天后的周一，父亲一早便把我叫醒，吃完早饭要我和他一起去上班——做临时工。父子俩一前一后，五分钟便到了父亲管理的公司和父亲简陋的办公室，父亲就像小时候我见过的生产队队长安排社员出早工一样作了些布置。约十分钟后，父亲带我到了公司“工程修理办公室（班组）”，这个部门的工作职责主要是针对房屋整体建设工程竣工以后的“查漏补缺”，是对房屋主体或小区整体工作的一种修缮、补充和检查验收，同时兼顾为城镇居民家庭提供实用的成本技术和劳动服务，通俗地说，这个班组就是学泥瓦匠的实习场所。在盖房子还需肩挑背扛的时代，挑砖、挑瓦、挑泥、拌砂浆，是必不可少的磨炼。说来到工程修理办公室，不如说来到了建筑工程垃圾房或修理专业工具房更为准确一些。

头一次见到“办公室”，室内只有两张简易课桌，桌边坐着两位约四五十岁的中年男子，周围随地堆放着铁镐、铁锤、铁锹、泥木桶、簸箕、铁丝等杂物。父亲站稳后、面对一朱姓的负责人（后来知道是班组长）用右手食指点着我说道：“我把成成（父母亲叫我的小名）交给你，你要给我监管住，尽量让他多做些事、多出些力、多学到些手艺，要按时记录出勤、出工，管好上下班纪律。”然后又转向另一戴姓的年龄稍大一点的男性负责人（后来知道是泥瓦匠师傅）说：“他（指我）什么时候学会了砌群墙、找水平（指砖砌体的平整程度），什么时候学会打灶头（专指烧饭烧菜的大铁锅烟灶），你就算起到了砖匠（泥瓦匠）师傅这一岗位的真正作用了。戴师傅你该说的一定要说、该骂的一定要骂，年轻人还不太懂事，不听话也可以打，严师出高徒、棍棒出孝子啊！”说完这番话，父亲算是把我托付给了“修理班”这个集体了，并面对我撂下“好好学”三个字，算是结束了一天前的棒追惩罚。

父亲头也不回离开了修理班那扇我人生机缘的第一扇“小门”，留给了我漠漠的背影。也就从那天起，我做了整整一年的泥瓦匠学徒，从拌砂灰、挑砖头到砌砖墙、测水平、打灶头，跟泥瓦匠有关的每一个工序、每一项技术，都得到了历练，不仅学会了手上砌墙的基础技术，还学会了用单眼去“瞄”大面积砌筑体的整体验评，学会了目测横向墙体是否水平如线、整齐划一，纵向墙体是否垂直如锥、不偏不倚，对必须预留的管道点、预制构件安装点、剪力墙体的衔接处是否妥当也都能熟练掌握，同时，也因此慢慢理解了平时父亲说的“手艺立身，规矩立世”的真正

含意。

曾经对父亲不分对错的追打情生微词，也曾对父亲毫不心疼我这个小儿子的做法产生怨气，但是，当我从临时工顶职招考到了建设行业管理部门工作，后来考上中专脱产在建设学校学习之后又获得建筑工程师资格，后又辞去机关工作，在城建领域自主创业，越来越感悟到应特别感谢父亲让我去体验学习泥瓦匠那段看似又脏又累的经历。因为做过泥瓦匠，后来在我自己的房地产项目建设中，特别在意建设工程质量和建设现场的安全。我去工地检查工程质量时，经常在施工现场与工人师傅进行技术探讨和交流，并对一些技术细节上的不规范提出纠偏，或者对承包商可能的偷工减料兆头予以制止。我一直守持父亲说的“手艺立身”的农家民谚，进一步拓展学习城建领域的相关知识，并注重钻研新技术、新工艺的应用，使得所投资开发的数个小区都成为了当时的样板工程、示范工程，成为了当地置业主和行业内口口相传的“质量放心工程”、“守信誉工程”，同时也获得了政府管理机构的良好评价。

“规矩立世”，是父亲对我的另一大影响。这些年，因秉承父亲一是一、二是二的做人做事原则，凡事讲客观、按规矩、信守承诺，随着时间的推移，理解的部门多了、支持的同行多了，事业也因此做得愈加殷实，赢得了不错的口碑。

三十年前的那顿"讨打"，是此生最难忘的事。感谢现在已年过八旬的老父亲曾经的用心良苦，让我终身受益，但对父亲当年拿着棍棒的追打，感谢的话却始终说不出口。

钱一成，1983年在浙江省淳安县城乡建设局参加工作，1988年调入淳安县房地产管理处工作，曾任主任之职，2000年弃仕从商，任淳安县城镇建设综合开发有限公司董事长、总经理。2009年，创办芳草爱心书画院。

14. 九旬老爸印诗集

王新宇

今年春节过后，我和老爸商定，由我出资支持老爸出一本自己的诗集，庆祝今年的 90 岁生日。

有一个健康快乐的老爸，是我和四个姐姐的骄傲。老爸耳不聋、眼不花，常常步行十几里去镇上赶集，丝毫不觉费力。他笑称自己是“步兵”，调侃自己一辈子连自行车都不会骑。去年冬天还写下《冬练》一诗：“以动防冻”口号鲜，实行起来也简单；动手动脚随处走，强身健体活神仙……

老爸行事简单，从来不会算计，也许这正是他长寿的秘诀。他一生追求“积极”，而且为了“积极”没占过什么便宜。他于 1949 年建国前参军，抗美援朝在朝鲜度过三年半的时间，1955 年转业到唐山钢厂，当过厂报的编辑。1961 年，国家经济困难，他率先响应国家号召，带着全家返回玉田老家务农，从此由国家干部变成了农民。“文化大革命”开始后，老爸又天真地投身其中，向中央写信揭发“中央文革”的一名要员的问题，于是被打成“现行反革命”，批斗了十几年，获得平反后他仍然是个农民。

老爸有四女一子，姐姐们生长于六七十年代，由于当时是“黑五类”家庭，没有机会考学，现在全都在家乡务农；我年龄最小，经历了几年辍学后又进入中学读书，赶上能考大学的年代，才有了咸鱼翻身的机会，大学毕业后到唐山电视台当了记者，这让老人在村里扬眉吐气，让人心生羡慕。后来，我在城里安了家，但老爸老妈并未来城里与我同住，我只是把老人的吃穿住用全都包下来，时不时回家看望老人；老爸老妈一直在村里住着，四个姐姐出嫁后都和老人住得很近，平日里常到老宅照顾着老人。

在乡亲们的眼中，老爸也算是个好命儿的人。如果他先有的是四个儿子，以当时的家境，是难以娶上媳妇的；因为先有的是四个女儿，嫁的都是老实本分的农家，而正是这样的家庭，家家的日子才都过得踏踏实实，平平安安，个个都比着尽孝心。

在我的印象里，原来，生性好强的老妈从来没让老爸做过饭；但是，当老妈 78 岁时，患上了脑血栓，79 岁的老爸便一边侍候老妈，一边开始学着做饭。三年的时间，他竟然学得很像那么回事。侍候老妈期间，他仍不忘作诗：“八十双寿不年轻，相互扶持笑盈盈……”后来，当老妈 81 岁过世，82 岁的老爸可以自己生火做饭，生活基本自理，这对于一个喜欢特立独行的老人来说，既是他自己的福分，也是我们儿女的福分。

平时，老爸也常喝点酒，而且爱喝啤酒。为此，有人送给他一个有胖娃娃图案的启瓶器，这也让他写入诗中："微笑启瓶娃，贴墙似窗花；帮我开啤酒，助我灵感发。"

这几年，老爸把花钱发表诗词当做自己最大的乐趣。现在，老爸每月有民政局发放的退伍军人补贴五百多块，我每月给他六百，我的四个姐姐和其他亲戚有时也给他一些，这样，老爸每个月都会有一千多块的零用钱。在北京，有许多这样的文化公司，征集民间舞文弄墨的人联合出版诗集，比如你想刊发一首诗，交六百块钱，卖给你一个大厚本的诗集；想发表两首，那就花一千二买两本。发表的诗多了，你可成为"功勋诗人"，再发给你奖励证书或奖章；再多的话，聘你当编委，老爸曾经几次当上编委。为了这些头衔，老爸把零用钱全都投了进去，还常常感到不太够用，但是老爸却是乐此不疲。

今年正月，我和老爸说，今年 90 大寿，我们出一本真正属于自己的诗集吧，老爸欣然同意。我嘱他不用着急，用两个月收集，再用两个月润色，到 6 月份定稿，到 7 月份由我来出资印出来，在 8 月份庆祝生日的时候，当作给来宾的一件赠品，这，他也欣然同意。但是，这话说了也就半个多月，一天下午，大姐给我打电话说，老爸的诗集已印出来了，他想明天坐公共汽车进城，给我送几本来！我赶紧致电老爸说，你老人家别跑了，我回家去拿。回到家一看，可不是，印出来了！原来，老爸自选了一百首各个时期的诗作，装订成三十多页的一个小册子，在镇上找了一个复印部复印了一百本，总共花了两千多块！

老爸性子真够急的，急得作为儿子的我深感惭愧。

王新宇，1964 年出生于河北省玉田县，1986 年四川大学汉语言文学专业毕业。现任唐山电视台新闻综合频道副总监，高级记者。

15. 乡亲

邢汝霖

我是在城市里长大的孩子，内心却有挥之不去的乡村生活情结。

小时候，由于父母是“双职工”，每年一到放暑假的时候，父母怕我和姐姐在家没人照顾，也担心出意外，便把我们姐弟俩送到乡下的大伯和姑姑家住上一个假期。每次离开家，一想到要离开父母，幼小的心里总有一种说不出的难受。去火车站的路上，父亲几乎说不上几句话，只是专注地推着他那辆装满带给大伯、姑姑的大米、糕点的自行车。在计划经济年代，这些带到乡下去的“礼物”，也是全家靠省吃俭用积攒下来的。我和姐姐跟在父亲身后，没有了平日的欢笑，因为不愿离开父母以及常在一起玩耍的伙伴。可是瞬间一想到每次回老家，乡下亲人对自己是那么的疼爱，又马上高兴起来。

我的老家在河北省沧州青县，距天津百十里地。上世纪70年代，农村虽然贫困，但人与人之间的纯朴，让你感觉有一种在城里难以感受的亲情。大伯家是典型的农民家庭，大伯大娘膝下无子，靠着勤劳，过着在村里人看来也较为羡慕的生活。姑姑家算是个“大户”人家，家境较好，在村里算是书香门第。每次暑假回家，我们姐弟都会轮流在两家住些时日。大伯和姑姑家来往频频，无儿无女的大伯大娘，年岁越来越大，成了姑姑的一块心病。平日，她会派孩子时不常地到大伯家探望探望，传递着大家庭特有的亲情。

1976 年，唐山大地震，波及到我的老家。当时我正住在大伯家，姐姐住在姑姑家。那天夜里下着雨，熟睡中的我被大娘猛烈摇醒，挟起我不顾一切地往大街上跑。未出院门，身后便传来巨响，整面影壁墙轰然倒下，离我们只不到十公分距离。跑到大街上，大娘发现我光着身子在雨中瑟瑟发抖，又冒着余震的危险冲回家为我取出了衣服。看见房子震下的瓦砾溅在大娘的身上，我早已禁不住泪流满面，跺着脚，喊着大娘，快快出来。她嘱咐身边的大伯照顾好我，又急匆匆地赶去了十里地之外的姑姑家，因为她还惦记着住在那里的姐姐。那是我第一次看见大娘的表情是那么紧张和焦急。天空渐渐放亮时，雨还在不停地下着，余震还时不时地震倒身边的房屋或院墙，惊慌的人们既焦虑又无助地蜷缩在大街上。看见大娘领着姐姐远远地走来，我长舒了一口气，但眼角还挂着泪珠。

大娘是一个朴实的农村妇女，脸上总是挂着憨憨的笑，平日里很省吃俭用，就连父亲每次带给她的糕点也舍不得吃，都留给我们。一个没有儿女的家庭，让她承载了太多的困难和责任，多年的劳累也使大娘的身体每况愈下。1979 年冬，大娘还是没有逃脱病痛的折磨，心脏病发，离开了这个世界。至今，我还清楚地记得，当时是一封电报传来这样一个让人不愿听到的消息。当天晚上，父母带着我和姐姐匆匆登上南下的列车，带着悲伤往老家奔，见上大娘最后一眼。按照家乡的习俗，我为她老人家送了终。大娘生前最喜欢但始终没有盖过的一床新棉被，被我带回了天津，一直使用至今。城市里的初冬室内寒冷，可一盖上这床被子，心是那样的温暖。

大娘去世没有多久，大伯就被我父母接到天津，跟我们一起生活。大伯没有特殊的嗜好，就喜欢摆弄花草，喜爱程度就像对自己的孩子一样。每当我一进家门，就会经常看到他在阳台上长时间地摆弄着，呵护着，欣赏着，把对孩子的爱，对大娘的思念，全放在了这些花草身上。大伯 83 岁那年，因病去世了。大伯来津以后，虽然没有回过一次老家，但思乡之情未断。他常常跟我们姐弟念叨："待我不行了，一定要把我送回去，和你们大娘待在一起。"遵照大伯的遗愿，我们将他的骨灰送回了乡下老家。

父辈那一代的亲人相继去世后，亲情没有因此而断线，住在城里和乡下的这代人，仍像血液那样脉承。每年清明节还没到，姑姑家的表姐都会打来电话，敲定我们回家扫墓的时间，电话里听得出她是盼着我们早点回去，早点见上一面。祭扫故去的亲人后，他们会把我们留下，而我们也愿意多待些时间，聊父辈往事，唠各自的生活。这样的时刻，你感受得到，有一种亲缘，在彼此的心里延伸。有一种温暖，在我们的心里传递。

邢汝霖，1964 年 1 月出生，祖籍河北沧州，出生于天津，现就职于天津市地方税务局。

16. 爸爸的头发

岳白波

川西平原很少刮风，偶遇刮风，我就敏感地看见爸爸头上那绺用来遮盖整个头顶的头发高高飘起，露出光光的头皮，心中顿时多了一些惆怅。

爸爸年轻时头发浓密、乌黑。小时候我坐在爸爸的肩膀上，总会情不自禁地伸手抓他的头发。那时抓住爸爸的头发，就像拉着爸爸的大手，心里感到踏实，什么也不怕。

爸爸生于1940年12月，可四十多岁头发就开始日渐稀疏了，那时，我还在上大学。“爸爸，头发怎么掉得这么凶？”我曾多次问他，他总是立刻收起笑容，故作严肃地说：“都是你们几个不听话的东西气的。”现在想来实在冤枉，真正元凶应该是上世纪60年代至80年代巨大的生活压力。

我的童年（包括哥哥和妹妹）是伴着绿风长大的，除了清新的空气几乎一无所有。我们用小溪里母螃蟹肚子里的小螃蟹做数数棍学会了从一数到一百；爸爸用竹子编制的“铁环”让我们兄妹在乡间小路上忘掉了饥饿；爸爸将碎瓦片打磨后用毛笔写上汉字，让我们拥有了第一副中国象棋。有时，我们会跟着爸爸下河摸鱼，或点燃向日葵杆做的火把用自制的夹子捉黄鳝改善生活。那时候，妈妈是民办教师，妹妹没有商品粮，全家五口人只有爸爸、哥哥和我有按月供应的粮票。为了充饥，爸爸妈妈在学校旁边开垦了一小块地，种上红苕、玉米、南瓜、白菜、辣椒……记得有一年，家里种的大白菜包得紧紧的，大大的，舍不得吃，总想让它们长得大些再大些。一天早晨起来，全家人都懵了，白菜被人用刀贴着地面全给割了去，只留下白菜根静静地躺在地上。全家人都知道，被割去的不是白菜，那是全家人的生计呀！记得妈妈曾经因为营养不良而昏倒在挑水的路上，想起来都让人不禁凄然泪下。因此，我认定爸爸头发的减少与我有关。

1982 年，我以全县第一名的成绩考上了川大，记得当时分数高出重点线 80 分，本想读北大的，但担心考不上，也担心给家里增加更大负担，最后决定就在省内读书。新生报到那天，因洪水冲毁公路，爸爸和我背着行李走了 30 里路到八角（地名）转车去绵阳，再乘火车去成都。印象中，同寝室八人里只有我一人有家长相送。因此，我在感到幸福的同时更加确定爸爸头发的减少与我有关。

其实多年前，有意无意，我早就开始了保护爸爸头发的行动。

读大学时，我用节省下来的生活费为爸爸买了牛角梳，刚参加工作就为爸爸买了101生发液，然而收效甚微。因此，我将保护重点转向心理调整，尽量让爸爸心情愉快而平静。

爸爸是一名教师，喜欢书法，在当地有一定名气，经常有人托人让爸爸给写一幅书法作品，也有人动员他参加当地书法展览、比赛。我小的时候，每年春节前夕，总有很多人买了红纸找爸爸写春联。爸爸来者不拒，一个人裁纸、折叠，还要我去磨墨并负责将写好的对联移走晾干，有时也让我亲自上阵写上几幅，然后加以点评。活多的时候爸爸连吃饭的时间都没有，但我分明感觉到他内心困倦的喜悦。我先后给爸爸买了邱振中著《书法的形态与阐释》、文房五宝（纸、墨、笔、砚加上一种可以用水写字并

反复使用的练字工具）等，供爸爸闲暇时享受爱好的乐趣。我发现，这个时候爸爸眼睛里会闪现一丝亮光，总会急不可待地打开看看、试试，习惯性地用手指向右理理头发，嘴里说“太浪费了”。

2005 年，我和老婆孩子与爸爸、妈妈、岳父、岳母一起去三亚旅游，全家人第一次见到了大海。回想爸爸那绺在海风中挥舞的头发，回味着全家人沐浴着海风，在夕阳下的沙滩逐浪的情境，心里至今还会涌出一份感动。

去年才发现爸爸有一个心愿，很想去九寨沟。因年纪问题，好多旅行社不愿接收。2012 年 10 月，我让老婆陪着双方父母去丽江、香格里拉游玩（自己在家给上学的儿子煮饭），借以试试爸爸能否适应高原生活。结果很残酷，因高原反应，香格里拉之行基本泡汤了。同年 11 月下旬，九寨沟景色最美的深秋时节，我和老婆邀妹妹夫妻俩一同陪父母自驾游九寨。吸取香格里拉之行教训，我先买了红景天口服液让大家提前服用，一路上一家人说说笑笑，走走停停，轻轻松松。第二天到了九寨沟最高处的长海，均无高原反应。爸爸妈妈第一次见到九寨美景，被震撼了。爸爸一个劲说“不虚此行”，妈妈也说“看了九寨沟的风景哪儿也用不着去了”。看着父母如痴如醉的满足，我深知那是亲情与美景完美的融合。

亲情不需要理由，只需要共享。对爸爸头发的牵挂让我们自动聚集在父母身边，陪他们吃饭、散步、聊天、打麻将，听他们唠叨、接受指导……

但愿这篇文章能够成为今年送给爸爸的生日礼物，在此以一句一生从未说出口的话作为结束语：“爸爸，我们爱你！保护头发！”

岳白波，四川省盐亭县人，生于1965年5月4日，1986年毕业于四川大学中文系，现就职于建设银行成都锦城支行。

17. 童车港，童车港

欧阳斌

爸爸的村子和妈妈的村子隔着一条河湾相望，这河湾我起初并不知叫什么，大家嘴里也很少提及名字，只说“港”。二十多年后我才知道，她叫童车港。港上有艘小渡船，撑着过路人往来，寂寞的乌篷船吱吱呀呀。河两边是高高的河堤，蜿蜒的小石板路从堤上爬到渡口。港底的卵石，港边的细沙，也不知经过多少年月，只是静默。

我的母亲，在这河边生长。开始，她是一个胖胖的女娃，深受父母宠爱；后来，她出落成大姑娘，去镇子里念中学，去县城读师范；再后来，被以后成为我父亲的男人追求，在种种纠结的故事里，“争口气”成为他的妻子；再后来，她成为乡村小学的教师，生育了一儿一女；再后来，去了城里小学，抚养儿女长大，当上校长，又做回普通老师；再后来，她老了，开始有了白发，提前退休；再后来，她也成了外婆。跟老伴儿一起，她在儿女和家乡之间来来去去，等着儿女回家或者打电话……

这就是我的妈妈，童车港边的女人。

我小时候跟妈妈生活在一所乡村小学。据说每天早晨妈妈都会端着我，在学校教师宿舍门口的小竹丛前长长尿一泡，直至后来我胖得她端不动了。南方的冬天很冷，妈妈每晚睡之前带着我和姐姐，裤管卷得高高的在水桶里面泡脚，妈妈说，看我们谁不怕烫。于是大大小小三双脚在桶里踩来踩去，很是舒服和快活，往往泡得通红才上床睡觉。我那时候是个胖子，害怕穿毛衣和脱毛衣，因为觉得耳朵会被勒住，喊疼，妈妈就说，吹口仙气就不紧了，于是每次穿和脱，她都会对着我的脖子吹口仙气，于是真的不疼了。

那时候，对于一个小胖子而言，妈妈最大的好就是有各种吃的，大白馒头、稠稠的大米粥、小鱼儿小马儿饼干，还有大搪瓷杯装的狗肉——年轻男老师们偷摸打的狗，还有香喷喷红烧死猪肉，吃得我肚脐眼儿流水。我不记得妈妈有没有吃过，不过，我小时候常常一边吃一边认真地跟妈妈说，“我吃得不吃的给你吃哈。”妈妈至今还常常提起，她跟我妻子解释：“那是说，他想要给我留一点，心里想着我的意思。”

妈妈骨子里要强。少女时候她很少做家务，但是手非常巧，当时流行什么手工女红，她就会做什么；年轻时，她因为大舅反对而更加坚定跟爸爸结婚；工作后，她教过小学里除体育外的所有课程，直至当上校长……

爸爸刚从部队退役的时候，没有正式工作安排，在一个乡镇养路段做临时工。妈妈经常赶一天一趟的车去看他。她曾跟我说，有一次晚上乘凉，养路班长当众跟我妈妈说，这次调整临时工，你家谁谁谁要回家喽，肯定搞不上的。妈妈回忆说："我只好吞口口水。"爸爸是连职干部退役，有才华人聪明，但生性高傲不愿求人，妈妈和外公就不断拎着鸡蛋去县城帮他寻找机会，最终爸爸得到了去县委工作的机会。有趣的是，短短几年后，爸爸就是县公路段的干部了，是那位养路班长的领导。

吞口口水，默然，这个场景不单在妈妈回忆当年的描述里，也留在我心里。最难或者最难堪的时候，妈妈往往就是默然吞口口水，除了遇到困境时，也包括我蛮横顶撞她的时候，包括跟爸爸冲突的某些时候。其实，在我和父亲面前，她的"要强"几乎荡然无存，她是最大的妥协者。

妈妈爱聊天儿，爸爸说："你妈曾经站在马路边跟胡老师聊了几个小时。"妈妈说话通常会把细枝末节交代得很清楚，把有关联的事情尽情展开。所以，一件事，从妈妈开始讲，到重点部分，总会有较长等待，但是，中途的种种节外生枝也会很有趣。有时爸爸跟我在旁边会心一笑，切入追问："结果怎么样？"跟妈妈通电话，只要问一个事情，她往往会把最近发生的所有事情，前因后果来龙去脉讲清楚，而且过渡得很自然，环环相扣。早些年，我会在跟妈妈通一阵儿电话后，着急忙其他事，便说我要上厕所了。其实妈妈心里明白得很，这话日后她老取笑我。

不过，其实我知道，妈妈很多话不讲，她自己的期待和要求她很少说。往往是我们做了，发现她很高兴，才知道，原来妈妈是喜欢的。我们给她买衣服，带她出去玩，为她做了一点事情，她都会很高兴，并且会一再说谢谢的话，好像是额外得到一样，这让我惭愧。妈妈总会推却我们为她考虑做些什么，甚至是有点不好意思。更多时候，看着我们高兴，她会很满足。这些年，她习惯我们喜欢怎样就怎样，她还有多少未说出的话呢？

我想不起来太多妈妈是如何面对那么漫漫而艰辛的日子。但，那些艰难的时光，在妈妈平平淡淡的生活中，就那么过去了。

我生病的时候，只要妈妈抚摸着我的背，我心里便安定很多。念高中时有一次肚子疼了一晚上，妈妈就整夜陪着我，轻轻抚摸着我的背。也记得有一次在奶奶家，我靠在床上眯着，妈妈一边跟大家说话一边不知不觉轻抚着我的背，姑姑在旁边直笑，讨论说，这是母亲的天性吧。

工作后的某一年，妈妈半夜发病了，我陪着去医院，那一整晚，我为妈妈挂号，笨拙地找诊室，陪着妈妈打吊瓶。妈妈让我去倒些热水，在同一个点滴室的病友老太太们的指点下，我找到热水炉的方位，麻利地把矿泉水瓶倒空，灌进开水，水瓶瞬时变形变硬——于是老太太们很欢乐。妈妈教我矿泉水不要倒完，留一部分兑开水就不会这样了。老太太们跟我妈妈说："你儿子真乖，在读大学吧？"妈妈自豪地说："都上几年班啦。"一整夜我几乎未合眼，妈妈的病似乎也好得很快，这是我印象中少有的让妈妈洋溢幸福的陪伴，我也很幸福，那种不再是形容词的，饱满的幸福。我不知道我们母子有多少相伴的时光，但是，妈妈始终会陪伴着我，无论多长多久。

如果一定要形容妈妈，那就像，平凡到也许很多人都叫不上名的，童车港。

童车港日夜不息，那么多磨圆磨平的石头，那么多生生不息的水草，那么多匆匆而去的水浪，那么多时光流过——漫漫的来路与归途。

那正如我的妈妈。

欧阳斌，湖北人，历任《中国财经报》、《计算机世界》记者、编辑，搜狐 IT 副主编，计算机世界报社副社长兼计世网总经理（兼总编辑），优朋普乐副总裁。现任千树科技 CEO。

18. 像 谁

张抒扬

“老大做事的沉稳，像我。”母亲说。“不，老二像你，待人热心。”父亲好像不赞同母亲的观点。“女儿呢，为人处世像我吧，待人亲和，学习和专业那么好……”母亲像自问又似反问。一次回家探望年过八旬的父母，早晨起来刚出房间，就听见父亲母亲在客厅理论三个孩子谁更像自己，母亲正好提到老三，我赶紧悄悄退回房间。

大哥，比我大六岁，生性不张扬，不善表达，喜欢读书写字，善于思考，在高中阶段通读了《孙子兵法》、《毛泽东选集》和《资本论》等，一直是我和二哥学习的榜样。我上初中时，大哥刚刚高中毕业，我恰好就读大哥以前上过的中学。刚到校的入学教育，校长在讲话中专门提到大哥的名字，希望新生们向他学习。当时我可骄傲呢，觉得自己就是英雄的妹妹一样。

大哥做事有计划，有条理，有主见，能坚持做他想做的事，哪怕是再苦再难都不放弃。母亲说大哥最有长性，所以他学会了

拉小提琴，下巴颏留下了每天练琴磨出的硬硬的老茧。大哥还有一个特别大的长处是：用行动来表示对你的在意，而从不多说一句话。姥姥健在时常说他是“贵人语话迟”。在大哥那儿，你几乎听不到他议论谁的不是。在金融机构做管理的大哥，平时非常忙，出差多，会议也多，但还是挤时间去看父亲母亲，或赶在中午带老人吃顿饭，或赶回家吃母亲做的饭。吃母亲做的饭，是令母亲最开心的事。

二哥，比我大四岁，自幼得了小儿麻痹症，行动虽不便，出门需要照顾，但心态达观，从没听过他怨天尤人。他的朋友也特别多，父亲说二哥“狐朋狗友”遍天下。每当他出门上学或参加活动，都会有同学来用小车推他。二哥是我们兄妹三人中最聪明的，学习优秀，从没因为身体因素影响在学校的活动。当年学校的学工学农，次次都落不下他。小学五年级时到校外学工，同学们搬砖，二哥就在砖垛上码砖。从砖垛上下来时，他会用双上肢一撑，敏捷地将身体跃向同学的肩膀，然后嗖地滑落到地上。二哥会关心人，比我和大哥会表达，感激的话会说出来或高歌一曲唱出来，尽管有时跑调，有时音挑不上去，但会让在场的人流泪。因身体残疾的客观原因，二哥未能上大学，但勇于自我挑战，靠着自己的努力办成的企业解决了不少身体健全人的就业问题，备受老家人尊重。

排行老三的我，从小被父亲母亲和两个哥哥呵护，什么好吃的都是紧着我，上小学时，总是让我先交了书费学费后才轮到两个哥哥交，各种事我在班上都是第一。因为从小学习成绩拔尖，又是唯一的女儿，不善表达的父亲和热诚豁达的母亲，对我疼爱有加。高考那年，还在干校的父亲硬是请假用自行车把我送到考场。那一天还下着瓢泼大雨，我考试多长时间，父亲在外面就站了多长时间，中午回家又忙着给我做饭……当年的情景什么时候想起来都好像发生在昨天。我也因此遵从父亲的建议，“作为女孩子要学真本事啊，掌握一门技术，不怕社会任何变化”。父亲给我报了医科大学，而且认为我单纯、爱学习，不着急走向社会，多读点书好，因此选择的是当时在老家招生学制最长的北京医科大学六年制临床医学系。从那一年起从医到今天，我不仅拿到了医学学士、硕士、博士学位，还在上世纪九十年代赴美国做博士后，一学又是四年，1999 年回国后潜心于自己的专业至今。

我们三兄妹还真没想过自己是像父亲还是更像母亲。父亲今年 83 岁，与母亲结婚已经 57 个年头，我从没听过也没见过父亲和母亲吵架。父亲特别理解人，总是看别人的长处。父亲曾担任老家教育学院院长和一所知名高中的书记。他待人温和，但作为领导，在管理过程中也可能得罪过人，但几乎没听过他说谁不好。1978 年恢复全国高考的第二年，大哥以高分考上了吉林大学，可是上学不到一个月，大哥突然背着行李卷满脸沮丧地回家来。当时全家人惊愕，父亲也少有地面无表情。被退学的原因说是大哥没按照当地政策做，中专毕业要工作两年才能考大学，而大哥是工作一年就考上了。相关信息佐证，是父亲单位的一名老师“告了状”。哥哥因为心情不好，一连几天排尿困难，父亲更是满嘴起泡，几天里没吃下一碗饭。很多人都指责那位老师，“考大学多不容易，这算是什么违规呀，不就是早考一年吗？对书记有意见，也不能拿人家孩子出气呀。”父亲并没说过这位老师任何不好，只是劝大哥明年再考。“万一明年考不上怎么办？”母亲担心。“庄稼不收年年种。”父亲说。可想而知，那一年，全家人是怎样过来的，大哥付出了怎样的辛苦。欣慰的是，大哥在第二年又以更好的成绩考回吉林大学经济系。更令人高兴的是，大哥深得业界敬重，

2002 年曾获“中国十大金融风云人物”荣誉。

母亲是有名的刀子嘴豆腐心，对人甭提有多热心了，但可能由于 29 岁就是小学教导主任的原因吧，对人要求也是蛮严的。在舅舅、姨妈一大堆的姥姥家，虽然姥姥是母亲的义母，但作为姥姥的孩子，母亲是老大，她成了姥姥家的主心骨，没有一件事母亲不操心的。姥姥姥爷的身体，舅舅和姨妈的工作安排，外甥和外甥女考大学选专业、找对象及成家生儿育女，孩子们入学，没有这位大姐不管的。母亲对同事们也是这样，有时虽也发句牢骚，但该怎么帮还是一点不少。父亲常说母亲事情也办了，就是嘴得罪人。

母亲是值得骄傲的，她在读书时学习成绩就特别好，听姥姥姥爷说，我母亲成绩优异人又漂亮，她的大照片挂在学校的墙上，挂在县城里，当时县城的人很少有不知道我母亲的。母亲有恒心，既能坚持一辈子做好事，又能坚持一辈子做好一件事，如做操，三十多年没停止过。每天早上起床第一件事，就是做一套健身操，无论母亲在家还是串门到哥哥家或者出门旅行。

母亲在“文化大革命”期间深受迫害，以一个臭老九的身份被下放到老家的一个铸造厂接受改造，一去就是九年。那个铸造厂就是制造做饭用的铁锅的地方，甭提那车间有多脏了。为彻底接受改造，母亲在铸造车间里和工人们打成一片，干着和工人们一样的活，与工人们一样地三班倒，与工人们吃一样的饭。母亲一辈子不会骑车，下夜班时，半夜里父亲或哥哥去接她，很难认出她来。我问父亲问为什么不好认，父亲说，全身都是黑的，脸也是黑的，所有的人穿着同样的工作服，都是一样的黑，分不出性别，都像是从煤矿里出来一样。现在，母亲提起这段往事时，没有人能想象出当时的母亲会是什么样。

母亲以自己的行动实现了“蜕变”，在那样不公而艰苦的条件下，也不变自己的人生追求，不仅入了党，更让我敬重的是，当年在一起工作的工人师傅，不少成了母亲后半辈子的亲密朋友。老师出身的母亲最得意最骄傲的，是养育了三个优秀而懂事的孩子。母亲总对父亲说，是她教育有方。

父亲身教，母亲的言传，不经意间影响了我们三个孩子。如果父亲母亲在大哥那儿住，大哥再忙，再晚回家，也会到父母的房间，看他们床头的杯子里是否有开水，睡觉前都会到老人房间看看被子是否盖好，被子是厚了还是薄了。二哥呢，你看不到一个残疾人的心理，相反有什么不开心，二哥会来开导你。乐于助人的二哥从小就给人身残志不残的印象，熟悉或不太熟悉的人都亲热地叫他二哥，对父母照顾最多的也是二哥。

学医的我，从小到现在都认为生活中的每个人都是好人，都有颗善良的心，总是看同事或朋友的长处，时常为一件小小的事而感动。在专业领域，总是不断汲取新的知识，平等对待每一个患者，无论患者地位多高或者家庭条件多差，只要挂了我的号就诊，我都会一视同仁，因此也从未发生过医患纠纷。无论心里有什么不开心的事，只要穿上白大褂，就会全身心投入工作。父亲为此很骄傲，但很少表达，母亲引以为豪，开心之情不经意地会流露在脸上。

感激父亲遗传给了我们宽以待人、向善做人的基因，教我们仁厚处世；感念母亲给了我们真诚待人、热诚助人的品质，教我们专注做事。但是，我总觉得自己还没有历练到父亲那种波澜不惊的境界，也远未达到母亲具有的，再艰辛的日子也能把生活调理得有滋有味的功夫。

“幸亏女儿不像你皮肤那么黑。”父亲说。“黑咋了，黑不牙碜。身体健康的表现，外国人偏偏还要晒黑嘛。”母亲不服。我从房间出来时，父亲母亲还在争论女儿像谁。

不知道，我更像父亲还是母亲。

张抒扬，教授、博导，著名心血管病学专家，北京协和医院副院长。

感念

19. 外婆的温度

杨筱艳

我是一个写作者，一个很爱码字的人，看着一个个的方块儿字跳到屏幕上，有一种由衷的快乐。

可是我一直不愿意写下对她的怀念，像一个怕痛怕极了的孩子。

那是去年的 5 月 2 号，我们一家子去了苏州，早上在旅馆里起来，说着今天要去哪里玩。老公打开手机，有信息跳出来的声音，他忽然叫道："外婆去世，我们要赶快回去。"我说："瞎说，一定是开玩笑！是骗我的！"老公说："怎么会有人拿这种事开玩笑？"

我说："不可能，不可能，我们来时她还是好好的，还说，叫我们从苏州回去以后把儿子送到她那里，她给我们看着，叫我们趁着五一长假好好地歇一下。"

老公说："是真的，你要镇定。"

我跺脚大叫："骗子！骗子！混蛋！不是真的！不是真的！"

眼泪刷刷地流下来。

我们一家人赶到苏州火车站，没有买到火车票，还好能赶得上一班长途车。

五月的江南，已经很燠热了，太阳明晃晃地照在车窗上，心里充满着不能置信与悲伤。总想着，此去，不过是为了戳穿一个恶意的谎言，一个无神论者，一个受过教育的人，是不应该这样不能面对死亡与逝去的。可是，不行，对亲人的爱与眷恋是这样一种软到极致的东西，让人想起水母，在黑暗里展开柔软的触手，身上背负着海水的重压。对人类来说，这重压就是生离与死别。

直到赶到设在家里的灵堂，看到外婆穿裹着寿衣，戴着寿帽，神情安详，脸庞略有些浮肿，才明白，没有人骗我。

可是那一瞬间，我还是觉得，如果她听到我们的哭声，一定会坐起来安慰我们，她怎么可能无视她最爱的孙儿孙女的痛苦？

悲痛使人迷失心智，怎么也想不明白为什么她会一直地沉睡不语。三十大几的弟弟哭得像一个小孩子，他说，她是太累了，心再也跳不动了才走的。

接下来是追悼会，葬礼，头七，一件接着一件。奇怪的是，心里十分茫然，机械地做着一些琐事，却再也没有哭过。

直到有一天，做完了所有的家务活儿，一个人在卫生间里，才突然悲从中来，失声痛哭。

结婚以后，因为家远的关系，我还时常带着儿子住在外婆这里，还像小时候一样跟着外婆睡，她最爱在晚上睡下后跟我絮絮地说许多许多的事，我常常迷迷糊糊带听不听，或是敷衍地说，“知道了，早点睡吧，不要说了。”

如今再也不会有机会听她说话了。因为眼睛不好，她极爱听广播，可是她说过，那个小无线电有点坏了，常常听着听着就没有了声音，需要啪地拍一下才行。她还是像从前一样，把收音机，叫做无线电。

葬礼时，买了最好的一个小收音机，放进骨灰盒。可是，这有什么用呢？

许多时候，不是所有的遗憾都可以有弥补的机会。

很多很多的记忆纷至沓来。

从出生，就跟着外婆。那个时候，她是街道主任。我最初的记忆，就是坐在她的双脚上开会。

她有一双极大极宽的脚，脚趾扭曲，是缠过又放开的。因为家里太艰难，十四岁不到的外婆就去缫丝厂做工，手在滚烫的水里劳作。外婆从来没有上过一天的学，在她的心里，上学是一件无比神圣的事情，所以，我从小就特别拼命地念书，总觉得要替她念出双份来才安心。

工作以后考研，也是她支持我，鼓励我，在一夜一夜我夜读的灯光里，安详地睡着，半句怨言也没有。

小时候，是她让我自由地玩水，做一切喜欢做的事情，吃一切爱吃的东西。母亲相对来说，是严谨到近乎令人畏惧的，外婆则给我的童年带来最明亮最温暖的颜色。

我记得特别清楚，有一次，跟她去一家亲戚那儿送结婚的贺礼，迷了路。她把两个新热水瓶绑好背在肩上，牵着我，走了很久很久。那个时候，我只有四五岁吧，小心眼里觉得，我们可以相依为命地一直地走下去。

在我青年时代感情不顺最痛苦的那段日子，是外婆一晚一晚地陪着我说话解闷，开导着我。她给我讲她年轻时的事情。

讲她21岁从上海嫁到南京来，婆婆的为难，却也有丈夫的维护；讲她抗战时的死里逃生；讲1941年6月5日，她在重庆十八梯防空洞惨案里一下子同时失去的两个儿子；讲她回到南京后一无所有的生活；讲她又一次失去的最小的女儿。她为了这些事几乎哭瞎了眼睛，但是，伤痛慢慢地过去，她还是勇敢地活着，简单快乐地过着日子。

生命里的痛苦是这样深重这样尖锐，如同利箭，一次又一次，穿透人的心房，残暴蛮横，完全不讲道理，但是心又是这样地顽强，一次又一次在苦痛里重生，坚韧如老树根，枝上会发出新芽来。

每一次，我看她摸索着给养的花花草草浇水的时候，看她用一种孩子般的专注听着电视里传来的音乐的时候，看她悠闲地用大蒲扇扇着风的时候，我就会想，我这一生，不用学任何英雄与伟人，只学她，就很够了。

终于，我要结婚了。

老公在第一次跟我回家时，就喜欢上了外婆。结婚那天，外婆喜滋滋地给了他一个大大的红包，每一回回家，外婆都会把省下来的零食塞到他的手里，完全把他当成自己的亲孙子。

在北方出生长大的老公，怪腔怪调地学着南方腔，一声声地管她叫外婆外婆。

我生儿子的时候，外婆的年纪已经很大了，不能到医院去，她就在家里烧了香，按照老风俗，把所有的抽屉都打开。

儿子生下来以后，她一直帮着带，因为视力很差，她一直没有看清楚孩子的模样。

孩子渐渐地长大，会走了，会跑了，叫她“太太”。每天晚上，儿子都会趴上太太的膝，坐着听我讲故事。他觉得太太的肚子软软的，像一张大沙发。很多年前，她的膝盖曾是我的座位，后来坐了我弟弟，现在，坐了我儿子。

她常常拿出钱来，托人到楼下去买来水果，给我儿子吃。儿子每次吃香蕉时都会说：“太太的香蕉。”

不过现在，只有香蕉，再没有太太了。

我有一张心爱的照片，照片上，儿子和太太坐在一起，太太握着儿子小小的手。

年幼与年长，童稚与衰老，明媚与风霜，那么奇妙地融合在一起，像枯枝上开出了花。

外婆不独对自家人好，她永远用最温暖宽和的心来对待所有的人。

她去世的那一天，楼上的小孩子哭得那么伤心，才八岁的他，始终记得太太会省下糖果，守在楼梯口，送给刚刚放学回来的他；楼下的大哥跑前跑后地张罗，找了在殡仪馆工作的朋友，求人家一定要好好地送老人走，因为他始终记得他坐牢回来以后，只有外婆相信他可以重新做回一个好人，积极地帮他在街道安排工作。

当我们爱身边所有人的时候，才会明白，我们的心，原来可以这样大，这样宽。

在她最后的那一天里，她早早地洗漱了，躺在床上听广播。

前十分钟还在跟我妈妈说着话，然后就睡了，这一睡，再也没有醒。

外婆这一生，从来不肯给别人添一点麻烦，直至生命的终结。这样安静，这样悄然。

这个老人，苦行僧一样地自律，一辈子都是这样。

一直到一年后的今天，我仍然时时地在夜晚梦到她。她坐在我身边，抚摸我，手上仍有温度，鲜明而清晰。

我那样地笃信她真的回来过，而且以后也还会回来。

为了外婆，我要做一个迷信的人，相信天堂与轮回。

相信有一些善良的灵魂，在天上，用慈爱的悲天悯人的目光注视着我们，看着我们在幸福里微笑，在挫折里挣扎。

因为这目光，我们的幸福无限放大，而苦痛慢慢地缩小。

一年过去了。

夏天又来了，我要养一盆栀子。

要用大大的茶杯泡茉莉花茶晾着。

要用蒲扇来扇风。

要穿最简单凉快的衣服。

认真地生活。

好好地活着。

以便在一天一天的日子里，永远永远地记着她。

杨筱艳，笔名未夕，教师，作家，现已出版《绿绿的小蚂蚱》《五四班那些事》《绿绿的吉祥三宝》等童书及长篇小说《糟糠之妻》《烟花易冷》《果果的婚事》和《乔家儿女》。

20. 不认得了，但记得……

王　龙

很多事情只能独享，不能回味。

母亲去世得早，我和祖母一起长大，祖母其实是担负着母亲的责任。因为出国工作和家事等缘由，我十多年未见祖母，待后来见到她时，她已经被确诊为老年痴呆症，不认识人了。

当我告诉她，我是她最思念的孙儿的时候，祖母不相信，但详细地描述了我年轻时的样子。她忘记了一切但从来没有忘记过我。当时的一切想起来就让我泪奔。

我带女儿让她看，她说自己是个穷奶奶，从内衣中掏出十元钱，非让我女儿去买糖。那天说了很多的话，她好像也不糊涂了。当时走的时候，我想过把她接到家中，让她和我们一起生活，但是始终没有实现。所有人都奇怪于那天她的清醒，我们走后，她又陷入了她的世界。

是的，她已经不认识我了，可是她记得我，清楚地记得我的模样和我的一切。

我们走后没多久，祖母就离开了人世，享年 92 岁。

祖母是我童年少年的全部。当有条件的时候，我却没能好和祖母一起生活一天，唯有深深的疼，弥漫在心的深处。

关于祖母的故事只属于我自己，不能回忆，也不敢回忆。也许需要很长时间，我才能把它们一一讲出来，这真需要勇气。

王龙，清华大学心理学教授。一介书生，喜交朋友，重情守义。自幼丧母，随祖母长大。

21. 家父徐老师

徐首红

一直在心里称自己的父亲为家父，一是因为父亲在全家人心中的分量，一是家在父亲心里的重要。

父亲出生于浙西地区的一个偏壤村庄，是上世纪五十年代末的大学生，这在祖祖辈辈务农的几千人的村子里是极少见的。由于根正苗红、表现良好，毕业后他被分配到了省级重要部门工作。这在多少人眼中是个大好前程的开端。但当时，我的奶奶干农活时不慎跌入十几米深的溪坑昏迷不醒，家里已着手准备后事。可在父亲衣不解带、日夜精心照料之下，硬是把奶奶从死亡线上拉了回来。父亲是独子，为了能就近照顾日渐老弱的爷爷奶奶，毅然从省城调回家乡县城工作。同时，还把我的户口放到了村子里，意在陪伴爷爷奶奶，好让老人安度晚年。而户口，在当时的年代中，对就业是极其重要的。后来因为参加工作的需要，父亲费了很大的周折才把我的户口迁回县城。

小时候，我一直把奶奶家视为自己的家。给我印象最深的是，

每逢过年过节，父亲总是从县城坐三小时的船，再走上个把小时的路，把平时省吃俭用的东西挑回奶奶家，那个时候的我甭提有多开心。一见父亲，总跟在他身后，问这问那。“广播里的叔叔阿姨怎么不下来吃饭睡觉的呀？”每当此时，父亲便开心大笑，像是把一身的疲倦全笑没了。

每次父亲回县城上班，我都追着不放。去送他时，我总跑在前面，父亲便偷偷从小路抄近道坐船走了，我却还不知道。记得每次父亲回家，家里总是满满的人，热闹得很。在那个缺医少药的年代，父亲能用他自学来的中医技术，给乡亲们扎“耳针”，确实给不少人减轻了病痛。

父亲从省城调回县城工作，一直从事教育事业。早期在学校工作，那时能考上大学的人少之又少。父亲总是鼓励落选的考生继续复习，苦口婆心做思想工作。有好多学生都在他的鼓励下最终考上了大学，从而改变了一生的命运。有的成了技术骨干，有的走上了领导岗位。苦出身的父亲，对农村来的学生特别关爱，经常问寒问暖，时常替他们炒个菜、热个饭、提供寄信的邮票等等。后来，父亲又接管了自学考试工作。只要是年轻人，父亲就会劝说他们接受成人继续教育。经过几年的努力，家乡的自考成绩名列全省前茅，父亲还做了典型发言。那些受过父亲鼓励从而取得学业成就的学生，多年后也总是会情不自禁地说起“当年徐老师……”

父亲以老实人著称，在当地颇有声誉。他处事一是一、二是二，公事公办，不徇私情。在读大学时，直系亲属探望可获取学校免费住宿。有一次，堂兄去看他，父亲如实报告，堂兄最终自己付费住宿。以致堂兄多年后提及此事总“耿耿于怀”，笑怪父亲不实说没有人知道的啊。父亲担任了单位负责人后，老实人办老实事，肩上的担子重了，他为此付出得更多，常常早出晚归，母亲总为之饭菜热了又热。单位的同事们背后嘀咕父亲“铁公鸡”，要求额外发放一些福利时，总被父亲拒绝。在父亲眼里，公家的财产是不能随便乱花的。同时，也不允许我们揩公家的油。

父亲当年因孝道从省城调回县城工作，而我和弟弟先后从县城到了省城工作。父亲常跟我们提起他读大学时，一外国政要曾对杭州有微词，“美丽的西湖，破烂的城市”，此话让父亲很是别扭。而我弟弟从事的工作，在杭州的“背街小巷工程”建设中作出了贡献，又让父亲感到欣慰。杭州在大家的努力下，越来越美，而当我穿梭于风景如画的街井中，却独独不见了父亲了身影。每于此，心中总有丝丝郁结不得释怀。“子欲养，而亲不在”，没有比这更令人痛心的事了。

父亲一辈子总替别人想，而不愿麻烦别人。在得了绝症，住院治疗的长长日子里，他一直尊重、配合着所有的医生和护士，总是面有笑容，从没显露一丝不耐烦和消极，因之得了“好病人”之称。在两年的治疗期间，他反而常安慰我们，叮嘱我们不要因他的病影响了工作。由于体弱，父亲的病终于引发了多种并发症，所遭受的病痛，是常人不可想象的。可他却非常顽强，从不叫痛。这一点，我和弟弟至今谈及，也总是敬佩不已。父亲临走的那一晚，还怕我们影响别床病人的休息，而催促我们早点回家。

那天晚上，没有任何的预兆，父亲突然病发转危。我们赶至医院时，父亲已讲不出一句话了。最终，父亲什么话也没能留下。

家父离开我们已经六年，但他的精神一直陪伴着我，他的音容永远鲜活在我的脑海中。想到家父，耳边总会响起学生们亲切地叫他“徐老师”的声音。

徐首红，浙江淳安人，1964年2月生，现任浙江省纪律检查委员会机关党委专职副书记、办公厅副主任。

22. 心愿

黄炜东

母亲第一次，也是唯一一次“要求”我给她买东西，是六年前。

母亲是上了老年大学后才接触相机的，那时县老年大学里办了摄影班，母亲很感兴趣，2007 年末我回老家时，她向我提出买一个相机的想法。因为我在单位上班时学过摄影，也常在她面前摆弄相机，一家人出去郊游，自然由我做专职摄影，特别是春节期间的全家照每次都是我提议和完成的，母亲觉得我很专业。

母亲有好多本相册，细心保存着我们小时候的老照片和孙子孙女的照片。父亲把这些相册一直放在床头柜上，随手可得。他们常常会翻看这些相册，回忆往事，走进那曾经的沧桑和美好的日子。

我给母亲买了一部美能达 500 型的单反数码相机，母亲爱不释手，像个孩子一样兴奋，还客气了一番，说一定要给我钱，我说，“所有权是我的，使用权是您的”，这她才不再争执地收下。母亲，从没学过摄影，倒是我忽略了给她买三脚架之类的附件，还以为她只要能拍出照片来就好了。谁知道，母亲这一陷进去，就一发不可收了，从拍自家阳台上的花草，到城外田野上的风光，老年大学举办各种活动，母亲都记录着每个细节，也记录了生活的点点滴滴。她拍照片也从一开始的不像样子，到颇具水准，后来还参加了老年书法摄影大赛，成为了“专业”摄影师。获得证书和称赞的那一刻，她笑得特别爽朗。

我在外地工作，平时很少回老家，但是经常会接到母亲和父亲的电话。她们的手机没有彩信微信功能，每次问及我的境况，都会说：“你在外地多拍一些照片回来给看看，我们翻翻相片就知道你在做啥，过得咋样，还有，那些没有到过的地方，看到照片也就像去过一样了。”我听从了母亲，每回一次老家都会带回去一些照片，到后来干脆就用U盘拷回去，买了个播放器，做成幻灯片形式播放给她看。母亲乐得合不拢嘴，连声称赞我拍的真是专业，还拿出她的存储盘，找出她那些得意作品和我分享。

母亲拍了很多的照片，数不胜数。父亲想选择一些出来用幻灯播放，我花了一天多时间整理。母亲已经不在，我看到这些照片眼泪不知道是怎么流出来的……

母亲在走之前的一个半月，因为癌细胞的扩散，眼睛变得越来越模糊，直至最终看不见了。今年三月，我回杭州的时候，母亲说："东，现在外面油菜花开了吧？你可否拍一些让我看看，我可能模模糊糊还能看到。油菜花一定盛开了吧？你拍得一定很美，很漂亮，我想看看……还有，那部相机我不会再用了，你用它拍吧！"我强忍着泪水，拼命点头，握着她的手说："妈妈，你会好起来的，你还能再拍，我们一起去拍油菜花，你一定拍得比我好……"

抑制住内心的感伤，我给母亲拍了油菜花，但母亲的眼睛已经看不见。4月21日，母亲离开了我们。无论我们怎样千呼万唤，也没能留住对生活深深怀恋的母亲。"东，你啥时候去北京？你母亲一直想去一趟北京，我很遗憾没能做到，这是我欠她的。"父亲凝望母亲的遗像，话还没说完，已满脸泪水。

带母亲去北京，与其说是父亲的心愿，还不如说是我一生的歉疚和遗憾。母亲的心愿因为我从一开始忙着没有时间，到后来我回杭州了等多种原因未能成行，最终由于母亲病倒，成为了不可能。这是多么遗憾的事，我默默流泪，唯有点头……

五月的周末，我带着父母的合影照片，跟好朋友一起拍了天安门的背景照。那天阳光很好，有微风，我在心里告诉母亲："妈

妈，我带您来天安门了，是和爸爸一起来的。儿子用PS技术为您和爸爸合成了一张天安门的人物风景照。 妈妈，你开心吗？”

我不知，也不敢想，PS，是否载得动母亲的心愿。

黄炜东，浙江浦江人，1965年出生，目前就职于美国斯坦姆再生医学工程研究中心旗下天津斯坦姆生物科技有限公司，任董事、华东区总裁。

23. 眺望

李明瑜

写亲情，第一念头就想叙述我那虽平凡但善良得让人心碎的公婆，一对江西省奉新县北部山区的普通村民。

公公谢英凰生于1932年，卒于2012年3月；婆婆吴玉英生于1933年，卒于2006年2月。老两口育有三子三女，大哥居长，我夫居老五，下面还有一个相差11岁的弟弟。我夫是家里唯一一个通过高考改变命运的孩子，也是石溪乡第一位博士生。

相识20年来，我一直没搞清我夫脱颖而出的理由。不过，村民皆言谢宅占尽风水。此屋建于1983年，背靠山脊，门前不远处是一汪水塘，再望远处有山阻隔，更远处是两峰横卧，重叠处缺口隐约正对老屋。人曰，此乃笔架之势，池塘是那洗墨池，此家必出文曲星。这块宅地，乃公公细考多年后经锲而不舍的勾兑替换逐步取得。他亦深信，五儿能进京城、当博士当与此屋风水密切相关。

我一直认为，公公洞悉社会的能力远超他任何一个孩子。我

们 1994 年春节第一次一同返乡，当时还没结婚，此生从未到过省城的他便一针见血地指出，你们一定要尽快解决两地分居。婆婆大字不识一个，极尽慈祥宽容善良。那几天中，婆婆每日早上都捧上两碗仔鸡汤，柴火大锅蒸一个多小时，只放屋后泉水及盐，别无他物，上漂一层厚厚油花，香气扑鼻。天天吃，其实是腻的，但老母亲坚拒年幼孙辈分享，非要我们“吃整只的”，吃不完，中午继续。这些仔鸡，个头不大不小，宜整只放大碗蒸食，老母亲早就计划好的。

直到我们婚后 7 年生孩子之前，我们每年春节都返乡，每年给二老改善一个“大件”：冰箱、电视、洗衣机、微波炉……这些表现，受到乡亲的充分肯定，让公婆颇感安慰。每年回去，婆婆都会拉着我的手，尽力使用我能听懂的客家话说：“爸妈老了，没有用了，吃又吃到你们的，穿又穿到你们的……”

我听不懂婆婆的日常客家土话，但她说这话，我能听懂。每逢此时，我都用力握着她那因劳作而粗糙的手说："应该的，当年妈妈喂猪喂出个大学生，今天我们应该好好回报父母，养儿防老嘛……"

我一直认为"凤凰男"的影视形象有着深厚的生活基础。我夫上大学期间，成绩优异年年三好学生、获奖学金，长年霸居第一名，学生党员，并任全校学生会主席。每年年头，老母亲都精心喂养一头猪，临春节前杀掉卖钱，换来儿子一整年的生活费，如此四年。这样的孩子，岂能不知父母艰难亲恩厚重？我亦没有理由不孝敬、不赡养公婆。

为解公婆压力，1998 年起，我们就把最小的弟弟接到北京，供他读书，让他跟我们一起生活。那些年里，公婆身体还好，我们每月的赡养费亦足够花销，这算是他们一生中最无压力的一段美好生活。

公婆没有文化，但是有勤劳、善良的品格。公公经扫盲班培训，能勉强行文。公公是个有智慧的人，看问题深刻，善于调解矛盾，曾任村大队长，颇有群众威望。他们一生辛苦劳作，养育 6 个子女，至幺儿成年、成家，几近灯尽油干。

我夫是公认的孝子，一个花钱极其节俭的人，90 年代末，月薪不到千元，回乡一次花费六七千元都在所不惜，而我每年都要随他回家看父母。

婆婆去世前一两年，身体日渐衰落，仿有预感，那两次她都是眼中含泪说的，“爸妈老了，没有用了……”我岂敢直视，仅默不作声用力回握。

我对公婆的亲情孝敬，与我母早逝有关。我父亲1949年考入中山大学数学系，于同辈人中罕见地受过高等教育。但他一生偏执自我，教育方法粗暴，于亲情上难获儿女认同。自首次随夫还乡感受到公婆对孩子的淳朴挚爱，竟然痴迷，这也是我此生中与公婆的缘分。

相聚时短别时长，公婆在世时，每次告别他们返京，老两口依依不舍仍要舍，只能站在大门口，用目光送行。山道弯弯，修竹长长，都走出好几道弯儿了，回头望，还能看到公婆手搭凉棚望着我们的背影远去。

那目光就是磁石，年年吸引夫君和我回家。

李明瑜，和讯网副总编辑，15年财经新闻报道经验。

24. 我的养鸡婆

齐玄江

我经常想起外祖母，尤其是那最后一次相见的情景，总是一幕幕出现在脑海里……

上大一那年的暑期里，我和弟弟一直等待一个晴朗的日子到外祖母家里去，可是，那天我们走在半道上，天还是下起了雨。我让弟弟在前面跑。我们到达外祖母家里时，俩人都淋得像落汤鸡似的了。

“外婆！外婆——”弟弟叫道。

外祖母住在江西省东北婺源县境内的一个穷山村里，离我们家有五十里的山路。这里的夏天，下雨是平常的事。外祖母住在村底的一间破屋里，这间破屋在上世纪的二三十年代曾是村里祠堂的一间偏房，是用来放祭台和器皿的，“文化大革命”期间，一度改成了生产队的牛栏。屋里很灰暗，走进去就有如走进一座坟墓的感觉。“外婆——”弟弟从走进门起就一直在喊。外祖母从屋里黑黑的角落走了出来：“我道是谁，原来是你们这对冤孽。”

外祖母仍然穿着一身黑色的衣服，走路的姿势也没有多大改变，仍然拳着一双短小的脚，只是眼力不如以前，像是摸摸索索地走出来的。她伸手把我们拉进屋里，看见我们淋湿了衣服，她心疼起来，气愤地说："又打发你们来做什么？我跟你妈说过我是不走的。下这么大的雨还打发你们来……也不知心疼孩子！"

外祖母一直在生母亲的气。母亲三番五次地托人来想把外祖母接走，可都被她骂了回去。直到后来外祖母死了，我才明白过来，最后五年，母亲和外祖母没见面，她们之间的母女关系就是靠这种派来的使者维持着，她们之间的爱和恨都掩藏在相互间的怄气里了。可是，这回我们并不是来接外祖母回去的，我们是来向外祖母打听我和弟弟的出生日期的。我母亲生了七个孩子，她总是把我们这些孩子的生日弄混了。那年我上大学，弟弟上中学，在需要填的表格上总也填不清楚我们的出生日期，平常我们过生日——这倒是其次的——是想哪天过就哪天过的。

外祖母戴着斗笠到邻居山姆叔叔家里给我们借衣服换。她出门的时候，外面很灰暗，雨还是不停地下。我们好一阵才适应屋里的光线。弟弟是一个孱弱内向感情丰富的小中学生，那一刻他的眼睛都红了，我担心他控制不住要哭出来。

晚饭是在山姆叔叔家里吃的。山姆叔叔有两个儿子，都结婚分出去了。屋里只有他们两个老人。那晚吃饭的桌上还坐着两个小孩，大约是他们的孙子孙女。我和弟弟的童年就是在这儿——外祖母这儿度过的。我和山姆叔叔也多年没见面了，他看上去还是那样结实，饭间我预备他来问一些学校的事，可他只说我母亲命好，儿子终于出人头地了。我问他外祖母的生活是怎么过的。山姆叔叔无可奈何地推开手："养鸡婆还是那样，什么事都不要人帮忙，可我看见她走路都替她担心。"接着，他问我母亲的身体可好，父亲是不是还经常喝酒。这回可以看出，山姆早已把我当成大人了。我问他外祖母为什么不愿意跟母亲走，山姆笑着说："你以为呢？"

从山姆家里回来，外祖母让我和弟弟睡在外祖父睡过的那张床上。床上挂一黑色的蚊帐，床板很硬，床头的桌子上摆一个小木箱。这木箱是外祖父用来放毛笔、钱印和钱纸的。每逢清明节和过年的时候，外祖父就打开小木箱，印制纸钱。房间很小，密不透风。外祖母过来把蚊帐拉好，她悄悄地对我们说："明天我带你们去看看外公。"我躺在床上许久睡不着，耳朵静静地听着外面的雨声；弟弟似乎有些害怕，总是靠紧我，他大概以为外祖父晚上会来看他。我实在睡不着，就起来打开灯。我来到外祖母的房里，看见她还呆呆地坐在那儿。我在外祖母对面坐了下来，说："外婆，妈妈让我们来问你，我和弟弟的生日到底是哪天，妈妈自己记不清了。"

外祖母想了想，掐指算了算，说："我记得你是九月生的，玄河是三月生的。你生在早晨，正好是鸡叫晓的时候，玄河生在半夜。可是到底是哪天，我也记不起来了。你们七个孩子都不生在同一个月里。你们满月的时候，我都抱到下山瞎子那里去算命。瞎子总是说，'绿水湍湍，沙丘黄土'，他说你们几个孩子都是五行缺水，所以你们外公都给你们取了带水的名字。”

“可我一直听妈妈说我是生在三月，弟弟是九月生的。”

“不是，你是九月生的。”

“外婆，你真的记不得我们出生的日子了吗？”

“记不得了。外婆老了。以前，你外公在的时候，他就能知道了。他把你们的出生年月日、时辰曾记在一个簿子上，他死了以后这本簿子也找不着了。你妈妈总是这么粗心，我不知道说过她多少次了，连自己孩子的出生日都记不着，还算个当妈的么？……”

这件事扰得外祖母很伤心。我要是知道外祖母也记不起了，倒不如不问她。让她知道我们这些孩子也许这一辈子可能都不清楚自己的出生日，这会让她很伤心的。果然，外祖母很着急，很慌乱，“没娘的孩子才这样啊。”这一夜，我没有睡好。外祖母像是一夜都没睡，我听见她起来看了两回鸡窝。

第二天早上，我们依照来时母亲的嘱咐，帮助外祖母打扫房子，对于她，也算是在外祖母面前尽了一点孝心。我让弟弟到村头井里去挑水。我把屋里的地打扫干净，将四壁也擦洗了一遍，然后就到灶口劈柴火。外祖母养了一大群鸡，以母鸡为多。外祖母养鸡是出了名的，村里人都叫她“养鸡婆”。这一群大约有二十来只，总是跟在人的脚跟后咕咕叫，很让人讨厌，刚扫完的地，不一会儿又被拉上鸡屎。因为外面下雨，它们都缩在家里，轰也轰不出去，进而还要挤到灶口来取暖。外祖母一上午都在赶它们，“全都钻在家里做什么？都出去寻食！”外祖母拿来一把扫帚追赶它们，有两只母鸡从她的头顶上飞了过去。我替外祖母担心，但她似乎格外敏捷，终于把它们都赶了出去，把门阖上了。

下午，雨停后，我们跟外祖母到外祖父的坟上去。外祖父就葬在村后的西山上。路上，外祖母遇见了村里的两三个熟人。她对他们说，“是外孙呀，是专门来看我的。”外祖母显得很高兴。“养鸡婆，外孙都这么大了么？”“这还是读书的那两个，最大的还没来呢。”一路上，我们就这么磨磨蹭蹭地走着，外祖母每遇到一个熟人就要停下来和他交谈一番，一直让他相信这俩就是她带大的那俩。我们终于过了河，来到外祖父坟前。外祖母摆出一碟菜、一碗饭，斟两杯酒。纸钱烧过，外祖母突然骂道：“你这个死老，那本簿子到底藏到哪里去了？”外祖母的样子很滑稽，好像外公就坐在她的对面。我知道，外祖母还记得昨天晚上和她说的事。

我们决计要走了，既然外祖母也不知道我的出生日，我们留在这里只能徒增她的忧伤，况且弟弟整天阴着个脸，他似乎有些责怪母亲为什么把外祖母留在这里。有些事我们是不懂的。我比弟弟懂得多一点的地方，就是知道有些事我们都不懂。所以，我并不责怪母亲，只觉得外祖母很可怜。而且，让我担心的是，我看见了死亡的阴影，这种感觉很奇特，但我感觉到了，当时心里微微一颤，这大约是至亲的人之间才有的第六感觉吧。当天晚上经历的事，更使我相信外祖母将不久于世了。

天黑下来，我们都要睡的时候，下山村突然来了人向外祖母借外祖父的小木箱印制纸钱。那是一个中年妇女，冒雨来的，全身都湿透了。她一屁股坐在门槛上，对外祖母说：“养鸡婆，我该怎么办呢？我实在顶不住了。”“还没有咽气么？”外祖母问。“已经七天七夜了，点水粒米未进，可就是咽不了这口气。我都几天几夜没合眼了。要死就快死啰，这样叫我们怎么办呢？”中年妇女唉声叹气。“造孽呀！她是不是有什么心愿未了么？”“我也问她了，可只是看到嘴动，什么也听不见。”后来，中年妇女冒雨走了。外祖母望着她的身影，出了一回神。她祷告道：“要死就快点死吧，可不要叫后人作难呀。”这也像是说给自己听的。

外祖母苦留，我们又待了三天。转天，我和弟弟要回家去。外祖母说要送我们一程，她说可以顺便到乡里的集市上卖些鸡蛋。到下山村时，我们遇到了送葬的队伍，队伍从我们身边走过，外祖母说：“是下山的扁嘴婆死了啊！”路很泥泞，这些人吹吹打打，妇女们哭着，还要担心脚下滑倒。这支队伍慢慢地进山去了。

我们来到乡里的集市上，外祖母很快将鸡蛋卖了。临分别时，

外祖母想把卖鸡蛋得的十块钱送给弟弟去买东西吃。可是不知怎么，那十块钱突然找不着了。外祖母翻遍了所有的口袋，并将外衣解开在里面寻了一阵。我和弟弟也在她走过的路上来回找，然而，没有找着。卖完鸡蛋后，我们并没有到别的地方去呀，钱到哪里去了呢？外祖母越找越着急，她一面抱怨自己老糊涂了，一面又沿走过的路找了一回。然而没有找到。我们和外祖母终于分别了。我看见外祖母眼里含着眼泪，一副失神落魄的样子。她慢慢地走了，嘴里还唠叨那十块钱的事。我们走出不远，外祖母突然叫着追了回来，来到跟前，气喘吁吁地说："我说这钱到哪里去了呢，原来一直捏在手里。我真是老糊涂了。"我看见她舒心地笑了，额头上缀满了汗珠。她把钱塞在弟弟的手里，"路上买点东西吃吧。"然后高高兴兴地转身走了。

这个学期，我在学校里好一阵没有收到父亲来信。但在十月里，父亲在一次信里说，外祖母死了，她死得很快。

齐玄江，《中国财经报》新闻部主任，高级编辑，中国新闻奖获得者；曾出版专著《新闻中淘新闻》、短篇小说集《泽村》和长篇小说《父亲的王国》。

25. 地狱和天堂

王文晶

父亲离开我们已经三年多了，作为长子的我三年多来心中总有一丝忧伤挥之不去。

2006 年，父亲因为肺癌住院手术，术后血流不止，又进行了第二次手术。由于病情危急，从县城医院转到省城的医院。记得当时救护车到达省城医院时，父亲两眼已经翻白，直接送抢救室。此后在 ICU 室，一直处于半昏迷状态，整整治疗了两个多月。期间要感谢我父亲的几位老部下，如今他们都身居要职，其中一位官至市府秘书长，这位秘书长曾到全国各地寻访一种稀缺药品，减缓了父亲的病情，一度挽救了父亲的生命。

我知道，父亲一定是凭着顽强的意志与死神搏斗，重病时还坚信好人有好报的想法——那该是他心中的天堂，他自己拯救了自己的生命。

在病床上的两个多月里，父亲的喉管切开，完全靠呼吸机维持着生命，绝大部分时间都处在昏睡中，全身赤裸，两手被紧紧地绑在床边的钢筋护栏上，唯恐他一旦醒来用手去拔喉管的呼吸机插管。

时间久了，父亲的手上又长了带状疱疹，一定很痛。

我是从父亲的病痛中才感受到，灵与肉的不可分割的关系。天堂和地狱，或许真的就在我们心中。

病房的情景，身体的病痛，导致昏睡中的父亲不停地重复着同一梦境：有几个社会上的流氓，绑架了他，把他押到一个小山村里，五花大绑，为防止他逃跑，脱光了他的衣裤，几天几夜不给饭吃。

梦境中流氓向他勒索十万元人民币。父亲拒绝了，说他从政几十年，两袖清风，根本拿不出钱来。至今记得，县机关福利房房改时，需要交付的三万元钱还是我这个长子给的。

梦境中流氓拿不到钱，就用脚用力地踩踏摧残父亲的手。然后还叫来一些女人来围观他，以此污蔑我父亲是淫贼，并在县城的报纸电视上刊播出父亲是个淫贼的消息。

梦境中，母亲也不堪媒体报道的打击而投湖自尽。

两个多月里，无昼无夜，偶尔清醒，父亲看到的是护士帮他擦拭赤裸的身体，感受到的是全身的病痛，双手被绑，喉管里插了管子，手上疱疹的剧痛……这一切都演化成父亲梦中不断重复的情境。

两个多月后，呼吸机移走。那天，父亲醒来，终于开口说话，一开口就问，他现在身处何地，一说话就满怀委屈，带着哭腔。他说："我一生清廉，作风正派，如今70多岁的我怎么就成为淫贼呢？"说着说着就急着要找那位如今官居市府秘书长之位的老部下，说是一定要向党组织说明情况，以求申冤。

我拨通秘书长的电话，这位可敬的领导很快就来到我父亲的病床前。父亲见老部下到来，坚持要坐起来。拉着这位领导的手就哭了起来。父亲说："当时虽然是我力主送你到中央党校去学习，但这是党委共同研究的结果，你用不着谢我。听儿子说，这次幸亏你找来了救命药，我才能活过来，大恩不言谢，我也没什么好东西来谢你。你我共事多年，我的工作和生活作风你是了解的，我确实拿不出十万元。如今，我70多岁的老头怎么就成了淫贼了呢？县里的报纸电视怎么也如此不负责任呢？孩子他妈因此投湖自尽，我对不起她啊。"

秘书长听得云里雾里，不知怎么回答。我借着给秘书长递水果的时机，在他耳边说，父亲说的都是两个月来反复做的梦，他现在一时还没法从梦中走出来。

秘书长何等聪明，马上知道眼前的情况。于是用坚定的语气对我父亲说："老王，我们共事多年，你的为人、作风，我十分清楚，此事完全是造谣污蔑，你放心，我代表组织向你表态，一定还你清白。"

父亲听了这话，顿时松了一口气，脸上那种紧张、焦躁、气愤、期待等交织在一起的表情一扫而光，立即显出轻松状态。

我强忍眼眶中的泪水，那一刻，父亲的形象在我心中变得丰满而高大起来。我感受到父亲作为一个老党员那份朴素而坚定的情感，那份好人有好报的执著的信念。

记得秘书长走后的中午，父亲吃了一个半面包，还吃了几块红烧肉。此后，他的病情就一天天好起来。

这些年来我时常在想，如果我的父亲从政时期是个贪官，是个淫贼，是个鱼肉百姓的腐败官员，那么，父亲的梦境里，出现的就不会是社会上的几个流氓，而他也不会因交不出十万元而成为淫贼，也不会被脱光衣裤让几个女性围观，而他的手也不会因为拒绝勒索而遭踩踏。如果是这样，他的梦境中出现的人物一定是他从政时被他伤害过的人向他索命来了。如果是这样，父亲可能在梦境中就真的被他曾经伤害过的人摧残而死，他的灵魂也就坠入阴暗的地狱之中，从此再不得安宁。

由此想来，那些灵肉分离，不顾心灵的召唤，整天做着有悖良心和天理的事情的人，他们在临死前一定会是恶鬼索命，恐惧而死，他们的灵魂一定是堕入万劫不复的地狱。

为此，我有理由相信父亲的廉洁和正派，我更有理由相信父亲是为了他一生的清誉而与死神抗争，赢得了此后四年的生命。

四年后的2010年，父亲肺癌复发，再次被送进省城的医院，一进医院，就在喉管插入呼吸机的管子。一个月后，父亲离我们而去。临走前，父亲看着我，眼眶里充满了泪水，嘴巴里插着粗粗的管子，嘴唇蠕动，似乎有很多话要对我说，最终却一句也没有说出来就离开人世，眼中充满了期待和忧伤。

父亲，最终去了好人该去的地方，走的时候他的心是安宁的，也许这就是天堂，而他想告诉我的，地狱和天堂其实就在每个人的心里。

王文晶，生活在浙江宁波。现任多个协会、商会副会长、书记等职，多家企业董事长、总经理。

26. 崇学

钱美仙

母亲，斗大的字不识一个，是典型的农村妇女，但在我的心目中，却是一个崇学有文化的人。

也许是因为自己不识字，母亲对读书有一种膜拜的情结。有时刚想叫我们姐妹做点家务活，看到我们几个在看书，不管是正书还是“野书”（小说），不管是倒拿着还是顺捧着，到嘴边的话又咽了回去。于是，忙碌的母亲默默地打理着一切，再也不惊动我们。真是可怜天下父母心！直到今天，有两个举动仍让我很有些愧意。年少的我有时为了偷懒，会拿着一本书装样子，母亲不知不觉中计了，于是，逃过了不少不愿干的家务活。直到后来我真正体会到母亲那份良苦用心后，渐渐地养成了早晚睡前醒后都看点书的习惯。还有一个举动也很“恶作”，不识字的母亲有她特殊的督学方式——每天早晨，她边做馃边要我打“百子”练算盘，而我为了让母亲听起来感觉悦耳熟练，就从 1 打到 20，然后又推倒重来，反反复复，还自以为很聪明。现在想来，这种掩耳盗铃式的把戏既辜负了母亲，又枉待了自己。假如是背诵乘法口诀想糊弄母亲，那就大错特错了。很奇怪，母亲不仅能娴熟地背诵乘法口诀，而且心算还算得很快，对此我们几个子女一直很费解。

母亲对读书的那种膜拜，还表现在把我们六个子女拉扯大的过程中，硬是一个接一个地把我们送进学校。父亲去得早，作为一个小脚妇女，把我们扯大已经很不容易，何况读书呢！在那个年代，农家女孩上学简直是一种奢侈！所幸的是，我的母亲对子女的读书决不含糊。我们五个女儿学历最低的是高中。这在当时的农村是极为罕见的。

我出生那年，正是二姐考上师范、哥读中学的时候。为了筹足学费，母亲两毛三毛东拼西凑到处借钱。对于母亲千方百计衬（培养）子女读书，乡里乡亲有敬仰的，也有不屑的。在一次偶然的对话里，母亲道出了她的心声："美，你一定要好好读书。你知道吗？你叔（方言：对父亲的称谓）以前常说，在外面工作，字识得少，文化不高是要受欺侮的！"原来正是父亲这样一句朴素的话，支撑着一个小脚妇女的"大梦想"！当年高考我还算顺利，幸运地走进了法律学校，这让母亲格外高兴，对我们子女说："我们家有当老师的，有当医生的，这个老末（排行最小的）还真争气——将来可以当个法官！""你呀，当法官就要像包公那样！"喜悦之情洋溢在她那满是皱纹的脸上。参加工作后，尽管我没有当上法官，但一直谨记母亲的教诲，公道办好每一件事。

母亲的崇学不仅仅反映在对子女的教育上，更渗透在她那待人做事的示范中。母亲是本“无字天书”，她一直烙印在我的脑海里，流淌在我们子女的血脉中。

身教重于言教，母亲用她那“挖心”待人的方式教育我们真心待人，善待他人。二姐和哥是父亲走后家里的顶梁柱，那时他们都已工作。每次过年，他们会分到四两花生，带回家后，那花生一定是待贵客的果子，只有剩到没几颗，母亲才会开口让我们解解馋。这也应了母亲常挂在嘴边的一句话——“少吃多知味”。除了过年以外，家里偶尔炒肉烧鱼煮蛋滚豆腐，要么是家里来了客人，要么是“宗老师”（小学老师轮流在学生家派饭），还有就是用“匠人”（农村的木工、砖工、裁缝等手艺人）。村里有几个

在外工作的邻居回家了，总要到我家走走，母亲每次都要请他们吃个饭，而且像待贵客一样，先煮上五个鸡蛋，手头不凑巧时借都要借三个来，然后再炒几个像样的菜或者就是包菜馃给他们吃。在那个物质匮乏的年代，母亲绝对属于那种“打肿脸充胖子”的奢华版。受母亲这种掏心掏肺待人的影响，我给女儿的定位是做一个善良大气的人。

母亲不单单是用自己的言行来诠释做人的道理，而且用追求几近完美的做事风范来引导我们成长。无论是家庭主妇那些烧饭做菜、纳鞋补衣的份内活，还是养家糊口挣工分的田地活，母亲永远属于令人“羡慕嫉妒恨”的那款。她包的菜粿回头客很多，她做的鞋远近有名，她种的蔬菜瓜果特别绿油肥硕……以至于她的这种对美好事物的执著追求也反映在我们这些子女的身上。我曾经跟我的同事们说过，凡事要善始善终，善作善成。要么不做，要做就做得最好，至少是自己能力的极致发挥。如果有十件事，若做不好，宁可放弃一件不做，也要把九件事做好。

一个人静下来的时候，反思自己的生活和工作，总觉得母亲那双慈祥的眼睛一直注视着自己的一举一动。于是，就不敢放任，不敢懈怠，血液里就会重新焕发出那种活态传承。

钱美仙，浙江淳安人，公务员。

27. 世间最难是父亲

王才亮

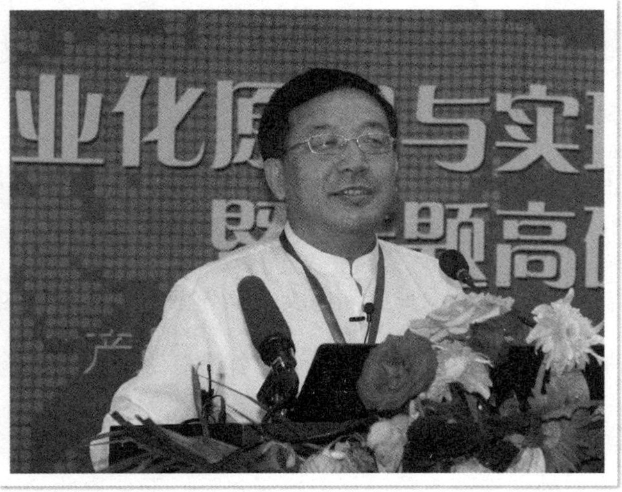

2013 年 6 月 16 日，是民间的父亲节。我国官方没有设立正式的父亲节，但民间则与其他 52 个国家和地区一样是把 6 月的第三个星期日作为父亲节。虽然同是从西方传来的节日，父亲节却比母亲节、情人节要冷清得多。是中国的父亲们做得不够？还是子女们重视父亲不够？

我是六年前第一次知道父亲节的。那是 2007 年 6 月 17 日，我从网上看到人们关于父亲节的议论，第一次知道世上还有个父亲节。当时我在为湖北高天虎夫妇因为女儿高莺莺非正常死亡四处鸣冤却被抓捕的案件提供法律援助。这个案件在当时社会影响很大，网友们在热烈地讨论这个案件的同时讨论中国的父亲节。涉案的母亲在我们的交涉下之前已经无罪释放了，而死者的父亲高天虎尚在狱中，后来被判刑一年。在我和同事以及多数网友看来，高天虎是以一种非常人的方式来履行做父亲的义务，维护子女的合法权利是做父亲的义务，也是做父亲的权利。

那一天，我由此思考开来，进而强烈地想起我的父亲！那是父亲离去十三年后，第一次如此深刻地回忆起父亲。

父亲出生于一个城市贫民家庭。祖父九岁便投亲来到景德镇学徒，后来做了个小贩。穷人的孩子早当家，父亲 13 岁就到鞋店学徒，做了小皮匠，解放后进了公私合营的皮革厂，1961 年调进原景德镇瓷用化工厂做包胶工，其实还是做皮匠，为印刷机上的辊子包上那么一层皮革，直到满 60 岁退休。父亲只有两个妹妹，而我母亲为他生下多个子女，但长大成人只有五个，我是老二，却是长子。1954 年，我出生不久，便遇到南方百年一遇的洪水。父亲后来告诉我，那年的端午节是躲在阁楼吃粽子。此后三年一个，母亲为父亲又生了一个儿子，两个女儿。母亲没有正式工作，摆了个鞋摊修鞋做鞋，收入不高，家庭生活主要靠父亲的工资维持。当时的工资虽然不高，但物价也低且社会保障是到位的。记得我读书的学费凭居民委员会的证明便无需交纳。一家人虽生活清贫，倒也快乐。

1967 年，父亲 50 岁，我 13 岁，正是“文攻武卫”的年代，我虽是中学生了，却没有课可上，便为菜店推板车送菜，赚点小钱补贴家用。有一天，父亲厂休在家，我清早出去送菜，武斗枪响，街上人群大乱。我绕道回到家里，父亲帮我把板车放好就一把把我抱入怀中，这个动作我至今想起仍如同昨日之事一样清晰，父亲就像是一座大山，掩护着我远离恐惧。次日，父亲再也不让我去送菜了。

父亲工作的工厂离家很远，要步行半个小时才能坐上公交车，下了公交还要走上一刻钟。每天如此奔波，早出晚归，回家后并也不能休息，还要帮助母亲修鞋做鞋到很晚才睡。那一年，我家用上了电灯。于是每天晚上，一盏 15 瓦的电灯下，父亲修鞋做鞋，我看书，父子俩灯下为伴，而父亲时常看我时露出的慈祥的笑容一次次融入我的心中。那一年多的时间，是我最快乐无忧的时期。

1977 年，父亲退休回家，没有休息就成了母亲的鞋摊的主角。而我在一年前结束了 6 年的知青生涯，回家分配在当时景德镇市（也是国内）十大瓷厂之一的景兴瓷厂工作。这一年的端午之前，未婚妻与同事首次来我家玩，虽然是八字尚无一撇，父亲却是十分地高兴，几近手足无措。今天说起我的父亲，妻子仍然会说第一次来到我家时父亲表现出的热情令她终生难忘。

1981 年，我被调入原父亲工作的工厂，当了企业的中层干部，从父亲的那些老同事处听到父亲的一些故事。相比之下，老同事们说我没有父亲节俭，中午在食堂吃饭，居然长期吃的是一荤一素，而父亲只要一个两分钱的素菜；说我没有父亲脾气好，办事性急，而我父亲从不发脾气，整天笑眯眯，常利用自己的皮匠手艺业余为同事们帮忙，像修补皮鞋、用包胶的边角料做根腰带之类的。

1987 年春节过后，我到北京学习法律半年，开始了我的法律人生涯。行前去父亲处辞行，临行时送我出大门，又是几句嘱咐多写信的话。然而，我到了北京，忙于学习，大概只分别给父母、妻子写了两三封信。7 月回家，倒没忘带上北京的蜜饯和中南海香烟，父亲收下后十分高兴，立刻拿出来给邻居们分享。

1993 年的 4 月，在景德镇市第一律师事务所工作的我被调到第二律师事务所任负责人，工作上忙了许多。那天凌晨接到母亲打来的电话，我赶到家中见父亲已经中风，急送到医院抢救。父亲虽脱险，却落下半身不遂。一年后，父亲在我弟弟家养病时，一乞丐入室，见家中无人便翻箱倒柜偷窃。父亲一急之下，脑溢血复发。我次日凌晨得知赶去，父亲已经仙逝。我痛恨自己平时对父亲关心不够之余，再也不给街边乞丐以施舍。

父亲一生从未风光过，也未富裕过，平平淡淡地过完一个普通工人的一生。他是以一种最普通的人对待子女的模式，完成了对儿女的义务。这个义务是中华民族传统的一部分，需要代代相承。我深受父亲这个理念的影响，所以，我在儿子执业受到侵害、维权压力颇大时，不惜立下遗嘱来讨个说法，这是我继承父亲精神的必然，是在履行我的做父亲的义务。

天下为父亲者，当为家庭之顶梁柱，为社会之中坚，这也是一个男人的责任。有点遗憾的是，作为父亲，尤其是中年人，上有老下有小，负担很重，却一直缺少社会关怀，至少没有官方规定的节日。所以我希望为人子女者重视这个民间的父亲节，让父亲在肩负重任之时也享受一些亲情。

世间最难是父亲，父亲最难是责任。

王才亮，中华全国律师协会行政法专业委员会副主任，北京才良律师事务所主任。

28. 父亲的电话

黄　业

我们全家生活在北京，每年父亲都会带着家人去上海看望奶奶。这样的习惯保持了多年，直到 2000 年父亲患上肌无力症。因为怕 80 多岁高龄的母亲难以承受儿子无法生活自理的现实，父亲坚持要大家对奶奶隐瞒此事。自从父亲肌无力症发病以后，全家人就只能找各种借口不再去上海。父亲在患病初期虽然还能走动，但因为每天要吃多种药物控病情加上行动迟缓且容易摔倒，怕去上海被奶奶看到起疑心。后期则病情加重只能靠轮椅行动，更是有心无力。

因为年年都不回上海，父亲怕奶奶察觉异样，所以每周都要打电话问候。开始打电话还比较容易，随着病情的加重，父亲的口腔和舌头都受到影响，渐渐说话含糊嘶哑起来。平时和我们交流还无所谓，打电话给奶奶总是怕她会听出什么，并因此不安和联想。于是每周给奶奶打电话之前都要喝一碗醋，因为听说喝醋可以开嗓，希望因此说话的声音不那么嘶哑。每次给奶奶打电话

的时候，父亲总是尽量地把话说清楚，所以必须重重地咬字慢慢地说。说话这种对正常人很容易的事情，对那时候的父亲来说，已经需要用尽浑身力气。和奶奶通话的时候，父亲总是表现出很好的情绪。他表现得就像离家不久的小孩子，有说不完的事情要告诉自己的母亲。我知道他是想把思念和快乐的情绪传染给奶奶，让老人家可以放心。在挂断电话后，我能从父亲脸上看到落寞和痛苦，我猜那是因为他明白自己可能无法再回到自己母亲身边去，尽一个做儿子的本分吧。

在父亲状态好的时候，他会让我给他拍一些不同场景下工作的照片。这些都是为了寄给奶奶，用另一种方式让老人家宽心。照片里的父亲显得是那么神采飞扬，根本看不出他是一个被病痛折磨很久的人。我知道他是强打精神，加上拍摄前画上浓妆。

父亲于 2003 年 4 月去世了，前前后后被病魔折磨了 4 年之久。

因为他本人就是一位医生，所以从来没有放弃希望，先后尝试了中西医多种治疗方案。父亲心里肯定是相信会有奇迹出现，因此无论多难以忍受的治疗方案，父亲都坚持了下来。我想是因为有求生的渴望，有回到母亲身边尽孝道的执著，只可惜不能事事如意。

因为心力衰竭，父亲去世得很突然。在他去世前一天，他还因为我把他病情很严重的事情告诉了叔叔们（他的两个弟弟）而对我发火。因为叔叔们要飞去沈阳看他（父亲当时在沈阳某医院尝试新的治疗方案）。他觉得让叔叔们挂念很不应该，因为他们已经在替他分担照顾奶奶的责任了。他更怕两个叔叔同时离开上海的举动会让奶奶有什么猜想。在他心里，奶奶的心情好、身体好比什么事情都重要。

父亲静静地走了，他给我留下一个不可能完成的任务——让我每周代替他给奶奶打电话，不能让奶奶察觉出他已经离世。借口是后来我和叔叔们一起想的，很牵强但是别无他法。因为2003年是非典爆发的一年，父亲又是一名医生。所以我告诉奶奶，父亲带着医疗攻坚小组去研制抗击非典的特效药物了，这个借口让奶奶很是担心了一阵子。非典过后，这个借口显然不能再用。于是我又告诉奶奶，父亲还在继续研制新药物，而且因为前一段时间的过度劳累加上压力过大，导致嗓子失声且近期无法康复。这样的电话打了六年半，类似的谎话也说了六年半。每次打电话之前，我都要仔细想好要说的内容和如何表达父亲的近况。这么做只为了在天国的父亲能放心，80 多岁的奶奶能安心。每次打电话时，我都会觉得电话那边的奶奶已经察觉到什么且想问什么，只不过她从来没有问过什么。

奶奶是在 2009 年去世的。在她弥留之际，她并没有要求父亲去上海见她最后一面，那时候所有人都明白，她其实早就知道了很多事情。也许这六年多，她接我的电话，听我为父亲编造的各种借口，只不过是配合我在演戏，一出能让她的子女和儿孙都安心的戏吧。

每年清明节祭奠的时候，我会在心中默默地祝愿父亲和奶奶一切安好，希望在那边他们能多享受在一起的日子。

十年了，我很想念父亲，很想念奶奶。

黄业，一个在网站做编辑记者工作 10 多年的理科生，热爱体育，热爱生活，希望走遍全世界，目前理想实现 5%。

29. 祖母早女

王昊

祖母早女（祖母的名字）走了已经五年了，可我总觉得自己一直在逃避这个现实，总感觉祖母还和往常一样在村口的桂花树下，拄着拐杖等我回家。回到家中，突然发现是自己的一个梦，梦醒了，而心碎了。

在我记事的时候，祖母已经度过了她的青年、中年，完全步入了老年，我只是依稀听我父亲提起祖母年轻时的勤劳、坚强、善良等等。这一切都是父辈们对于祖母的尊敬和赞美。而在我的内心深处，祖母是这个世界上最关心我、最牵挂我、最舍不得我的人，我是她的全部，而她也是我的全部。

祖父在祖母六十四岁的时候过世了，父亲怕祖母时常会感受到失去祖父的痛楚，于是让我陪祖母一起生活，那年我三岁。白天，祖母或监督我认字（父亲会把简单名词写在香烟壳上，供我学字），或带我在村中游逛。当然有时也带我去前山，一起帮生产队放牛。晚上，祖母就给我讲《西游记》中唐僧师徒西天取经的故事，给我出以前我父亲就做过的数学题目：一框豆腐，横着切三刀，竖着切三刀，总共有多少块小豆腐啊？

祖母在照顾我的同时，每天还帮忙照顾几个父母都在地里忙农活的孩子，今天应春家的，明天应烈家的，只要邻居们提出来，祖母都乐此不疲。最后我母亲就说，再这样下去，村里的幼儿园就要关门了。

后来我上中学，中学在离我家两公里的地方，由于没有路灯，要住校，一周回家一次。学校食堂的作用仅仅是用来蒸饭，而不供菜。为了所带的菜能够坚持一周，所有的学生只能携带一些辣酱之类的咸菜下饭。祖母怕我营养不足，每次都走两公里路去学校给我送菜去，让我吃得好一些，但实际上我那个时候依然是营养过剩。

两公里路对于一个普通人来说是一件轻而易举的事情，但对于一个年近八十的小脚老太太来说，不啻一次长途远行。每次中午的时候，祖母都提前到学校，站在窗外乐呵呵地看着我学习。她总是跟我说，她最喜欢看我认真学习的样子。其实那时的我哪里有心思学习啊，早飞到祖母那个装满丰盛午餐的布口袋里去了。祖母自己不吃，就看着我吃完，我开心她就开心，帮我洗完餐具，临走告诉我明天还给我送，让我一门心思读书，考出去。然后她再慢慢地走回家。两公里路，她需要走一个多小时。

29. 祖母早女

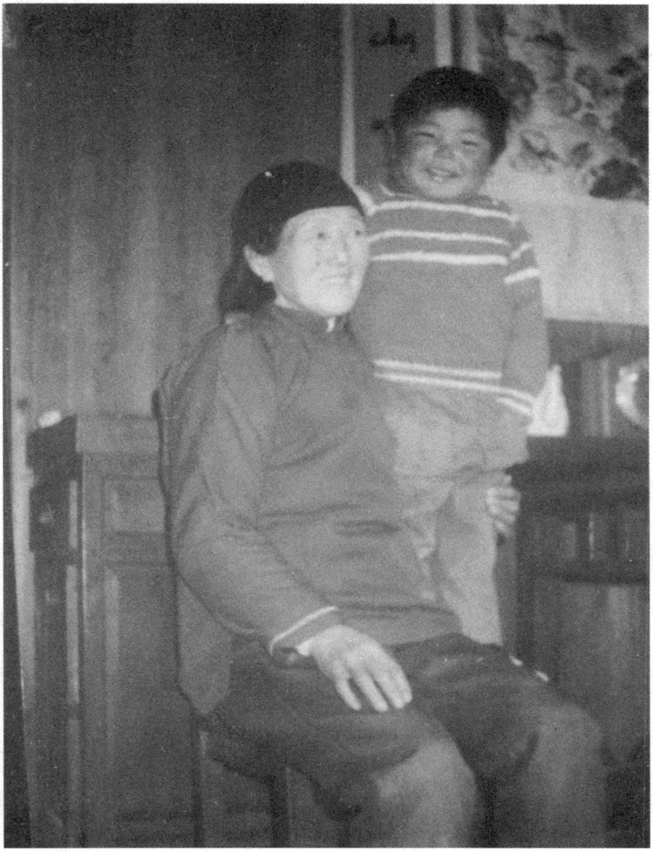

后来我上了大学，每个学期才能回家一两次，祖母再也不用走路去学校给我送饭了，但是每次通电话，她最常说的一句话就是：吃得好不好？

大学毕业以后，我没有回老家工作，祖母为此非常难受。我是她最小的孙子，从我三岁起一直到读大学，只要我回到家中就和她住在一起，给她暖脚。我到北京工作后，祖母就跟我父母住在县城里。每次回去，我发现她真的慢慢变老了，但思维依然敏捷，记忆力依然超好。她告诉我等我买房了，她要来北京玩。她说要看看皇帝住的地方，看看毛主席，也看看我生活工作的地方。

祖母没有等到来北京的那一天，我依旧在和高房价抗争着。祖母离世前十天，她突然告诉我母亲，想回村里住几天，她说她很想家，想我爷爷了。到村里那天，刚好赶上汶川地震，村里组织大家捐款，祖母也捐了20元。晚上我打电话回家，祖母高兴地和我说起她给灾区捐款了，她说在村里很开心，和很多老伙伴们一起聊过去，聊儿孙。母亲跟我说她故意拄着两根拐杖到处乱走，大家都说她是老顽童。她真的很开心。临走那天，母亲给我打电话的时候，祖母已经不能说话了，只是在我说让她等我回去时，强撑起来，嗯了几声。我知道她肯定会等我。

但是，祖母没有等到我回去。她已经走完了她的一生，没有痛苦，没有遗憾，只留下那个多年没有用过的名字默默地停留在捐款榜的一角。

祖母的一生很平凡，没有太多的传奇，没有太多的故事，但是她是我一生的记忆，是我一生的牵挂。树欲静而风不止，孙欲孝而亲不待。去年春节，我带着我的儿子回去，我告诉他，这里埋着爸爸的奶奶，她叫早女。

王昊，生于浙江省淳安县安川村，2001 年到北京求学，毕业于北京林业大学，属于非典型性北漂。

30. 奶奶

吴永俊

30. 奶奶

在我笔记本电脑里有一个文件夹，一年里只有清明节这天，我才会去点击，那是我奶奶留给我的全部记忆，一点开，记忆会洒落一地……

奶奶姓陈，不高，偏瘦，年轻时很漂亮，嫁到爷爷家时，家境还可以。爷爷做布匹生意，中农，在后来的那场特殊运动中，被逼饮恨离去，留下奶奶，还有我父亲、姑姑、叔叔，那年我叔叔才10岁。

为了生活，奶奶种了十亩地，自己带头种地割草，没劳动力，就用自家的鸡蛋和蔬菜去换取村里劳动力帮忙双抢。闲暇时，她到处捡牛粪做柴火，养母猪和卖稻谷是唯一的经济来源，靠着这些，父亲、姑姑读完了小学，叔叔读完初中。在那风雨飘摇的年代，奶奶用她特有的坚韧，撑起这个特殊的四口之家。

奶奶做事麻利，脾气有点急，在家很有威严。五岁那年的夏天我和邻居几个小朋友晚上去偷村里人栽种的橘子，结果被人发现了。第二天，橘园主人找到我父亲和我奶奶告状，结果我被妈妈抽打了一顿。那时我家和奶奶家隔 500 多米，我要去村里小河里洗澡，必须经过我奶奶家门口。那几天傍晚我偷偷绕过奶奶家去河边洗澡，又偷偷绕道溜回来，三天里避而不见我奶奶。

第四天，我依然绕道去洗澡，让我猝不及防的是，奶奶已经在河边等着我。我无路可逃，脸憋得通红，脚开始哆嗦，乖乖挪步过去。奇怪的是，奶奶见到我，并没有劈头盖脸骂我，也没有准备打我的意思，只是轻声叫我到跟前，问这几天怎么不到她家去。我不再害怕，但依然不敢做声。奶奶掀开我的背心，背上被抽打的痕迹还在，奶奶摸着那背，问还痛吗，我摇头。奶奶喃喃自语："打得真狠啊，怎么不和奶奶说话啊，这几天还故意躲我是不？以后别去摘别人家的橘子吃，奶奶给你种。"说完，奶奶嘤嘤地抽泣起来，我一听也"哇"的一声，大哭。

那年，奶奶特意在她家菜地里种了三棵橘树，还有甘蔗。她和别人说，那橘子和甘蔗不会拿去卖，就只种给我吃。童年里，奶奶种的三棵橘树成了我无法抹去的记忆。

苦尽甘来，奶奶是村里为数不多拥有四代同堂之福的老人。那几年，奶奶状态和气色好多了。然而好日子没几年，2001 年，成了奶奶生命里的一道坎，更是一次劫难。这年清明节，35 岁的叔叔被村里人投毒害死，当时我正读大一。奶奶无法承受白发人送黑发人的现实，哭得昏死过几次。那一个星期里，奶奶以泪洗面，就靠一点点的稀饭维持着身体。奶奶几次说要跟随叔叔而去，很多亲戚朋友都在旁边帮忙劝说，但是无效。后来，我单独在奶奶的床前，说："奶奶，就看在我和 4 岁堂弟的份上，你好好活下去，要为我们这些孙辈们活着，你要看到我们好起来。"

奶奶挺过来了，但那年之后，奶奶身体越见孱弱。婶婶改嫁之后，堂弟堂妹的生活起居成了她生活的全部。大学四年里，我只在大一的暑假完整地陪过奶奶，其他三年因为在学校做家教，每次回家都来去匆匆。回家的时候，我会帮奶奶拍很多生活照片，做家务，还会用家教赚的钱，给奶奶买些营养品，这是我最自豪的，也是奶奶最自豪的事。让奶奶最自豪的还有一件事，我是村里当时唯一的大学生。

随着堂弟堂妹的长大，奶奶年岁增加，逐渐力不从心。2003 年冬天，奶奶中风倒下，身体状况不见好转。家里一开始并没把这事告诉我，直到第五天，奶奶身体状况急剧恶化，家里才打电话要我速速回家。那天正逢我期末考试，第二天考完，我急匆匆赶回家。让村里所有人惊讶的是，就在我回到家的那天，奶奶可以下床走路了，所有亲戚朋友悬着的心都放下了。在奶奶身体彻底好了之后，村里人对我奶奶笑说："你孙子才是你的救星啊！"奶奶听到就会心大笑。

同样的情况还发生在2009年，我刚抵达湖北随州采访，深夜接到父亲的电话，说奶奶突然又中风了，并且比上次要严重。父亲还说，奶奶在电话里，说到我和姑姑的名字。挂了电话，我一个人在卫生间大哭了一场。因为要工作，第三天我赶回南昌，匆匆坐车回到老家。奇迹般的，奶奶病情又好转了。与上次不同的是，奶奶这次真的瘫痪了。在床前，奶奶问起我什么时候结婚，我笑着说："就明年，奶奶，你一定要参加我的婚礼。"奶奶笑里含泪："好的，奶奶会的，但要当真哦。"

从那之后，家里来的每个电话，都会让我心惊肉跳。

2010年11月10日，父亲告知，奶奶勒颈自杀。不想给亲人添麻烦的奶奶，无法忍受生活的种种不便，以自己的方式离开了世界。无数和奶奶有关的情景，涌动在眼前，慢慢叠影，模糊，又在泪眼中重合，留在了我永远的记忆里。

吴永俊，江西电视台公共频道编导，"衣加衣温暖行动"倡议者，"免费午餐"江西负责人。

31. 手 表

仲富兰

31. 手表

如今，在许多场合，年轻人越来越讲究生活品位，将手机作为计时工具的人已不在少数，可是我依然喜欢戴手表看时间。对时间变得敏感，或者说喜欢用手表作为计时工具，把守时视为对别人最基本的尊重，这要得益于我父亲的教诲。

慈父仲国宝先生已经离开我们二十二年了，这么多年来，每当想起他，我总是止不住泪水涟涟。父亲一辈子没有出过远门，甚至一生没有离开过上海。五十年代，我骑在他的肩膀上，从徐家汇坐 26 路电车去外滩，他带着我去黄浦江边“看大轮船”，那时的情景，至今历历在目。父亲平时话不多，自从有了我之后，母亲就不去工作了，特别是后来陆续有了六个孩子，我们全家生活的重担，一家人的开销，全都压在父亲的肩上，而父亲给我的印象就是无比的坚韧与坚强。

“文化大革命”时期，他在单位里受到一部分造反派的打击，然而，他从不屈服。“男儿泪，贵如金”、“男儿膝下有黄金”，这些话语都是在我很小的时候，父亲告诉我的。当时我们家住在徐

家汇，因为他不向造反派低头，造反派势力惩罚我父亲的一个手段，就是将他安排到离家很远的江湾五角场的一个仓库去工作。那个年代，没有地铁，从徐家汇到江湾五角场，几乎斜穿了上海市区，他每天一早天不亮就拎着包去上班，一个单程就要三个多小时，但父亲上班从不迟到，而且为了节省开支，他常常提前出发，步行一段，再乘一段公交车。那段岁月是他一生中的艰难时光，可是他依然乐观、豁达，按时上班，准时下班。守时，成为他严格的生活习惯，就如同他生活中对于承诺过的事情，总是认真地不折不扣地去履约一样，为他的生命赢得了价值。他教育我们子女，拿人工资也是一份承诺，必须守时守信。诸如日常生活中缴个水费、电费，他首先看缴费截止日期，从不拖欠。严格的时间观念，使我们家成为那个居民区的“守信户”，邻里们交口称赞。父亲为人和蔼，但在守时守信上对我们兄妹要求极为严格，使我们从小就养成了守时守纪的好习惯，可以说这是父亲留给我的最重要的遗训。

1971 年我在入伍第四年回沪探亲，在家里休假期间，一次，父亲与我约定，晚上他下班后，一起在徐家汇 43 路汽车站碰头，然后他领着我去看望居住在南市大兴街的一位叔叔。没想到，慵懒散漫的我，竟糊里糊涂地将此事给忘记了，还是母亲的提醒，我紧赶慢赶，到那里还是迟到了半个多小时。父亲见到我，很是生气，他说，不要以为迟到是生活小事，其实是对别人尊不尊重的大事。无论对谁，朋友也好，陌生人也罢，都要守时，守时就是诚信的表现。只有守时，你才会得到别人的信任。听到父亲的这一番数落，我羞愧难言，赶紧认错。

回家之后，父亲与母亲商量，说我在部队服役，也是参加社会工作了，他们决定给我我买一块手表，不仅应该让他们的儿子体面一些，更应该让他们的儿子做一个守时诚信的人。在那个年代，一块上海牌手表售价 125 元，相当于一位普通职工 3 个月的薪水，还不是随便能买到的，需要凭票证才能购买。记得那个时候，为了买这块表，我的父亲母亲与我一起来到华山路上的钟表店，我当时简直就要陶醉了。我们家买了一块手表，兄弟姐妹都乐不可支。它在我们全家人手里传递，仿佛那不是一块表，而是一个稀罕的“宝物”。这块上海牌手表，给全家带来了欢乐，我至今想起来，心里依然美滋滋的。为了我的守时，我的父母节衣缩食，为此不知道度过了多少省吃俭用的艰辛日子。

探亲归队，我的这块上海牌手表在班里引起不小的轰动，战友们都用羡慕的目光打量着这块表。开班务会的时候，这块表在每个战友手里传递，好像那不是计时的工具，而是未曾见过的物件，一个时尚的奢侈品。

不久，我当上营部文书，与驻地兰州西固区和友邻的高炮一师的战友接触也多了。我带着手表，故事也跟着来了。一位陕西籍的战友，其实我们并不熟，只是点头之交，他知道我带着上海牌手表，有一天专门来我这里，诉说着他的苦恼。我说："什么事？"他说老家相中一个媳妇，这次就要回家探亲结婚。他说："你的手表能否借给我回家结婚时'撑个面子'？"那个时候我特别单纯，心也软，见不得人家的苦恼。人家要结婚成亲是个大事，总得要给人家一个面子，带个表让乡下姑娘看了可以风光一些。我二话没说，就从左手腕上褪下了这块表，"拿去吧，结婚回来时记得还给我。"他拿着我的表，高兴得屁颠屁颠地走了。这一走就是三个多月。

我不知道他的部队营房在哪里，也不知道他姓甚名谁，就是凭着一面之交，一念之间就将这块表借给了他。当然，那时我也天天在估算，他什么时候探亲归队，什么时候可以将这块手表还给我。过了三个多月，还是不见他将这块手表还给我。我想想不对劲，于是一有时间就去兰州西固区的504厂厂区转悠。终于有一天，总算遇上这位老陕战友了。他见了我，支支吾吾的，也没有什么好说的，我费了很大的劲总算讨回了我的手表。

其实，那位仁兄探亲早就归队了，这块表呢，他也是希望能多戴一段时间，能拖到什么时候算什么时候，最好我不去索讨，这老陕！那一年我21岁，涉世不深。吃一堑长一智，经历了这个“借表历险记”后，我对别人的借贷，就格外小心了。这件事让我感触良多，在我心里，那块表不仅是计时的工具，更是诚信的象征，我想到了慈父曾经教育我的话：“一个人严守诺言比守卫他的财产更重要。”做人违背良心，违反诺言，就不值得我们去信任。诚实守信，是做人的起码要求，也是一个人的立身处世之本。

阔别上海五年之后，我退伍回家，最明显的感觉是父亲已经双鬓堆雪，满头花白。尽管父亲平时言语不多，他的内心世界非常敞亮，他的情感极其丰富，永远保持着他一生严格守时的好习惯。

“梦里依稀慈父泪”，这么多年过去，我心里一直在思念慈祥的父亲，感念父亲教会我无论什么情形下，都必须守时守信。在我人生的路上，父亲的教诲一直伴随着我，无论遇到怎样的困难，我都把守时与诚信看得比什么都重，“信用是无形的财产”。一个人有再多的金钱，也买不回失去的诚信，而这正是父亲留给我们兄妹最大的财富。

仲富兰，华东师范大学教授、博士生导师，上海市民俗文化学会会长。

32. 离婚了，我们依然爱你

杨晓东

“你妈妈是个善良的好女人，一定要好好孝顺她”，这是 2009 年父亲和我长聊时说了几遍的一句话，那也是我长大和工作后第一次和父亲长聊。

父亲一生离过两次婚。父亲的第一次婚姻——和我母亲的婚姻结束于 1969 年，当时姐姐 13 岁，我两岁多。姐姐跟了母亲，我跟了父亲。由于父母都在上班，年幼的我无人照看，姐姐被迫辍学两年给我当专职保姆。这段儿时的经历只在我的记忆中留下了一个短暂的画面：十五岁的姐姐在冬天的傍晚背着个藤条箱，箱子上面还坐着四岁多的我，路上还遇到骑着马、带着猎犬的哈萨克牧民，姐姐蹚着没膝深的积雪，徒步十多公里回到母亲的住处。姐姐见到母亲就嚎啕大哭，我没哭，当时也不知道姐姐为什么哭。

父亲和母亲约定，我每周可以到母亲那里住一天，寒暑假可以多住一些日子。可我从来不遵守父母的约定，往往是星期六晚上姐姐接我过去，到了星期天晚上我还哭闹着不愿走。母亲可怜我，心一软，往往迁就我多住一晚。到了周一早晨，姐姐要上学，只有妈妈骑车送我了。几乎每回我都是哭闹着不愿上车，母亲也陪着我哭。最终，母亲还是狠狠心把我放在自行车的后座上，哄着我："你要念书的，念好书才能成器，礼拜六姐姐就会来接你的。"那时的星期六就是我的节日。我记得当时还经常上演这样一幕：母亲前脚刚走，我又悄悄跟了回去。母亲拿我实在没办法，就让姐姐转告父亲，以后让父亲来接我。我小时候很怕父亲，不敢和他正面对抗，就采取躲的战术。每次父亲来接我的时候，我不是躲在柴棚里，就是躲在邻居家的菜窖里，但父亲总能找到我，每回我都像个小战俘似的跟着铁青着脸的父亲回去。每当这个时候，母亲都会追上来，带着哭腔喊一句："不要打娃儿哟……"母亲也很无奈啊，我是当时旷课最多的小学生。

每当提到父亲，母亲都会骂他是陈世美，当时，我对父亲充满怨恨。有一次，一位叔叔问我长大了想干什么，少不更事的我义愤填膺地说："我想当兵，拿枪把我爸干掉！"结果，这位叔叔把我说的话当笑话学给了父亲。听说当时有好些人在场，弄得父亲很尴尬。父亲回来了，我做好了挨顿胖揍的准备，可父亲并没有打我，只是表情凝重地摸着我的头说："我和你母亲的事，将来再说给你听。"

父亲对我的管教是严厉的。我十二岁上初中时，父亲对我说："你现在可以帮家里做点事情了。"他便开始教我挑水、做饭、洗衣服、修理保养自行车。虽然父亲很严厉，但我也能时常感受到父亲内心柔软的一面。我有次深夜发高烧，父亲先用物理方法给我降温，然后背起我狂奔几公里到医院就诊，我看到的是父亲一脸的焦虑。1984 年我上高中时，一天早上醒来，发现床头放着一双崭新的皮鞋（当年，大多数人还穿布鞋，皮鞋还是个时髦物件儿）。父亲笑着说："穿上吧，看合不合脚。"1986 年，情窦初开的我要去乌鲁木齐见女同学，父亲慷慨地给了我 30 元钱。当时往返乌鲁木齐的车费只需 8 元钱，而 30 元钱是家里一个月的菜钱。为此，继母和父亲还大吵了一架。

早在 1983 年父亲和继母的婚姻就已出现严重危机。1991 年继母随妹妹去了杭州，父亲和继母的婚姻彻底名存实亡。或许是碍于面子和儿女的感受吧，这么多年一直没有提离婚的事。时至 2003 年，儿女都已成家立业，为人父母了，他们才作出离婚的决定。听到这个消息，我心中有一丝伤感……父亲曾告诉我，是志同道合的爱情让他和继母走到了一起。

与继母婚姻的结束，是父亲被我逼着装上电话后第一次给我打电话时告诉我的。"爸爸，爷爷的电话"，那天，女儿甜美的声音把我从泡脚的惬意中唤醒，我湿着双脚冲到电话旁。平时都是我打给他。突然接到父亲的电话，兴奋之余，又有些许紧张，是不是家里出什么事了？父亲在电话里问了我的工作生活情况后，没像往常那样和我聊时事，而是略显迟疑地说：“给你说件事情，我和她（我的继母）离婚了……”

工作以后和父亲见面的机会就极少了，屈指算来，也就四五次。1991 年，我作为新疆生产建设兵团优秀干部选调新疆和田地区电视台工作；1997 年，调到云南昆明电视台工作。这期间，我和父亲的联系方式就是写信。我每个月都会收到父亲的来信，父亲的每封信都会写满五六页信纸，我从字里行间感受到了父亲对儿子的深深牵挂……2009 年我回新疆，是工作后与父亲相处时间最长的一次。我把父亲从团场接到市区，上车时，我让父亲坐在越野车的前排。途中，我看到父亲一直佝偻着背，身体前倾着。就说：“爸，靠在椅背上会舒服些。”父亲说：“这样挺好的，很舒服。”这时我才发现父亲的背已经驼了，父亲已是七十三岁的老人了……

下车时，女儿去搀扶爷爷，父亲却下意识地甩开了孙女的手。姐姐看到这一幕，嗔怪地说：“爸，你孙女扶你一下都不行？”父亲说：“不太习惯”。和继母分居后，二十多年了，父亲一直一个人住，从父亲微曲的后背，我仿佛看到了他积攒了二十几年的寂寞和孤独……伤感的泪水盈满了我的眼眶。晚上，我和父亲同住酒店的一个房间，我们已经二十多年没在一个房间住了。那天父亲的心情不错，因为姐姐告诉他，要把他接到石河子市区住。我也再次强烈要求父亲到昆明和我们同住，父亲答应道：“再过两年到东儿那里耍耍。”我要求父亲定下确切时间，父亲说 2012 年就去你那里。我回昆明后便贷款买了一套四室两厅 140 平米的新房，2011 年初完成装修，还专门购置了全套纯实木家具，因为父亲喜欢实木家具。

在房间里和父亲聊了一些昆明近些年的发展变化以及我的工作情况后，便教他如何使用酒店的卫浴洁具，然后让他早点睡（父亲是个生活极有规律的人）。父亲说：“东儿啊，我们好多年没有单独聊过喽，今晚就好好聊聊再睡。”我们一直聊到很晚。我听父亲聊了他曾经的理想、感情和两次婚姻。

“你妈妈是个善良的好女人，一定要好好孝顺她……”，父亲几次重复着这句话。这是我第一次和父亲长聊，没想到竟成为父子俩的最后一次长聊。2011 年 7 月，姐姐打来电话告诉我父亲去世了……我当时如五雷轰顶，感觉天塌了。泪水从昆明一直流到新疆石河子……姐姐告诉我，母亲在得知父亲去世的消息后，眼泪“唰”地就流了出来，一个人呆呆地坐了很长时间……印象中，我十二岁以后父亲和母亲便没再见过面。我曾试图让父亲和母亲重新生活在一起，但每回母亲都只一句话：“伤得太狠喽，心都伤透了……”

父亲去世快两年了，我一直无法从对父亲的愧疚中走出来。时常独自一人坐在为父亲准备的房间里回想和父亲在一起的日子，黯然地流着泪……心底念叨王学武先生的一句话：孝顺，并无来世。

杨晓东，1967 年 5 月出生于新疆石河子 132 团，毕业于新疆广播电视大学播音专业，先后就职于新疆生产建设兵团 132 团广播电视台、新疆和田地区电视台，现就职于云南昆明广播电视台。

33. 姥姥和妈妈

王 黎

对我一生影响最大的有两个女人：姥姥和妈妈。

我出生那年，河南省会由开封迁往郑州，父亲任教的省邮电学校同迁。妈妈辞去小学老师工作带着两个姐姐随父亲走，进了省邮电管理局当职员，把八个月大的我留给了开封的姥姥照看，一直跟姥姥生活了二十八年。

姥姥带大了“独女”

姥姥只有妈妈一个独女，姥爷曾是邮递员，早已去世，当时我就成了姥姥的“独女”。

姥姥是小脚，不识字。她那个年代的女人一辈子依靠的是丈夫和儿子。可当时姥姥什么都没有，只有一个用丈夫的抚恤金和积蓄买下的四合院。不幸，1957 年赶上了社会主义所有制改造，姥姥的四合院被“充公”了，因为不管这个院子是用什么钱买来的，一个老太太和一个小外孙女怎么可以住一个大院子呢？由于

姥姥的阶级出身并不是很差，这房产又是她唯一的生活依靠，政府每月给她 10 块钱生活费。姥姥就这样带着我住进了院里最差最小的南屋自留房（这 10 元钱直到 90 年代初姥姥去世都没有调过，院子也未退还）。

为接济生活，姥姥缝毯子，糊火柴盒，撕秋衣片儿，给人家看小孩儿。听姥姥说，我小时候很乖，她去领毯子的时候就把我锁在屋里，给邻居交代一声，把钥匙留在门槛下，回来时常发现我趴在小桌上睡着了。我小时的记忆是，放学回来先完成作业，然后糊火柴盒，撕秋衣片儿。稍大点了，就学纳鞋底，缝衣服，做饭。后来担水挑煤，房子漏雨修理时当小泥工，都是我干的。

姥姥做一手好活，我十二岁的时候，全家的鞋都包在我和姥姥身上了。姥姥做一手好饭，我至今还常做从姥姥那儿学来的几道看家菜。姥姥管教严厉：尽管做的衣服和鞋都是自家人穿，但也要针脚细致，“没有好人穿也有好人看”；尽管自家吃，包的饺子也要个个有八个褶，站在笸上直直棱棱；女孩子要坐有坐相站有站相，吃饭不许咂吧嘴，说话不许大声嚷。那时的我并不喜欢这种严厉的管教，同学和邻居的孩子们都有点怕姥姥。可我工作并成家后，发现姥姥的特点在我身上到处可见。

姥姥活到九十三岁无疾而终。我当时在美国没能及时赶回见她老人家最后一面。

乐观的母亲

虽做着姥姥的“独女”，生活那么多年感情深厚，但小时候最盼望的就是妈妈国庆节时从郑州来看我，带给我新文具、新书、新衣服。而我天不亮就起来去排队，等候买只有国庆节期间才从龙亭湖里打捞供应的活鱼，一家定量买一条。姥姥当然也是为妈妈的到来忙得不亦乐乎。我小学的校长是妈妈的老同学。每次妈妈带我去看她的校长同学我都别提有多自豪了。

父母都曾是老师和普通职员，家庭负担很重，上有双方老人要照顾，下有四个女儿要抚养。孩子们小的时候经历了三年自然灾害，他们紧着老人和孩子，自己饿得浮肿。后来“文化大革命”，父亲下放去了五七干校，姐妹四个中，三个上山下乡，而且一人一个地方。我是唯一幸免的，因为我和姥姥单独在另一城市生活，算是享受了身边留一人的政策。妹妹比我小一岁半，本应她留城我下乡，但为了我和姥姥，她下了乡。也正是因此，我 1977 年得以复习功课参加高考，是我姐妹中唯一上了大学的。至今我都对妹妹感到愧疚。

当年的生活劳累使父母的身体严重透支。等我们都大了，生活好了，他们也退休了，该享几天福了，身体却不行了。父亲早母亲两年走。就在父亲患病期间，母亲被查出患了多发性骨髓癌。这种病非常痛苦，母亲坚强乐观，配合治疗，坚持了四年。医生说创了奇迹。

妈妈的心愿

妈妈最大的愿望是能在退休后轮换去每个女儿家住住，并有机会一起出国旅游。妈妈从中年开始就患有关节炎，后来关节都变形了，但她坚持每天锻炼，还用各种偏方治疗、养生。再后来，她的腿走路不利索了就骑个小三轮车出门，总之什么都挡不住她积极乐观的态度和实现自己梦想的决心。我在美国近十年间，都没能接妈妈出去看看，因为父亲的身体状况不适合出门，妈妈又不放心把他留下一人走。后来我回国工作了，第一时间就接父母来北京住了几天。每到春节初二，我们姐儿四个都会带着丈夫和孩子回娘家，那也是我们家最热闹，妈妈最开心的时刻。

2002 年初，妈妈已患病三年，跨过了好几回坎了。春节我去医院看她，问她感觉怎样了，她笑着说还有两个愿望没有实现呢，不能走，一是去美国看看，二是要看北京奥运。能否等到北京奥运我不敢说，但我至少可以努力争取，帮她实现第一个愿望。于是我立即启动程序，为妈妈办护照，申请签证，征求医生意见，并做好各种应急准备。我一人不行，需要妹妹同行照顾，我和美使馆沟通，确保也给妹妹发放签证。还有，到美国后，妈妈需要有一个家庭环境住下，方便吃饭和照顾，我联系了住加州硅谷的河南老乡老同学。老同学一家热情敞开家门，还专门给我们腾出一个房间。

国庆节长假，我和妹妹带妈妈飞行了近十个小时从北京来到旧金山。妈妈还执意要用自己多年攒下来的钱为自己买机票。一路上，我们姐俩基本上是在飞机的走廊里站站走走，把三个连着的座位用毯子垫平，尽量让妈妈能平躺下来。到了旧金山推着妈妈出海关时，妈妈流着激动的眼泪喃喃地说："可惜老头子（指我父亲）没这福气呀！"

在美国的十天是妈妈愉快的十天。旧金山著名景点、美丽的十七英里海岸线、商场超市、社区花园，就连看美国人遛狗和大白天在路上跑步，无一不让妈妈兴趣盎然。特别让妈妈高兴的是参观英特尔博物馆，这可是女儿工作的公司啊。妈妈在博物馆里坐在轮椅上，带上中文录音耳机仔细听着讲解。我知道妈妈那些日子是提着劲儿的，我和妹妹也是提心吊胆，小心照料，不敢让妈妈太累，恐出意外。

还好，我们安全回来了。听妹妹说，妈妈回来后在病房里逢人都给看她在美国的影集，别提多美了。

妈妈的奇迹最终还是没有创造得更久一些。2002 年 12 月 15 日下午，因母亲病危，我终止了美国出差往回赶，飞机刚擦落首都机场地面我就迫不及待打开手机拨通了郑州妹妹的电话，回答是：妈早上已经走了。焦急飞行了十几个小时，还是没能最后见上妈妈一面。

当年姥姥的骨灰是在舅姥爷的建议下撒进了黄河，说姥姥是喝黄河水长大的，最终还是回到母亲河里去吧。按遗嘱，父母的骨灰也撒进了母亲河——黄河。每到清明，我们四姐妹就一起来到黄河花园口岸边，唱着《有妈才有家》的歌，把鲜花撒进向东急流的河水，带着我们无限的怀念。

王黎，1982 年毕业于河南大学，1987 年移居美国，1993 年获美国 MBA，1995 年回国，现住北京，就职于英特尔（中国）。

34. 远　游

郭洪钧

父母在，不远游，是我们很早就学到的古训，可在我生命里，回味一辈子的幸福，却是父母在时陪父母的一次远游。

在我尚且清晰的青春记忆里，难以忘怀的事情并不多见，而由 2007 年 5 月 13 日开启的那一个特殊时间段，却是个自始至终都清晰可见的时间节点，因为那是我和我的父亲母亲第一次、也是最后一次携手远游的永恒记忆。

我生于十三朝古都西安的文艺大院，长在一个革命文艺工作者的家庭，之所以称其为革命文艺工作者，那是因为我的父亲曾是抗战后期投身革命并冲破封锁线前往革命圣地延安的众多热血青年中的一分子。新中国成立后，家父长期担任西北文艺工作团、陕西省歌舞剧院以及西安市政府文化部门的管理工作。

在我懵懂的孩提印象中，父亲永远都是个勤勤恳恳、认认真真、稳稳当当、忙忙碌碌的人，一年到头始终全身心地投入他所钟情的文化艺术管理工作。同样，母亲也是个踏实工作、积极忘我的人，且时常以成绩优异的新闻出版工作者为自豪。由于他们忙碌以至于现如今除了几张早期的“全家福”（父亲母亲和我们兄弟三人，此时小妹尚未出世）和“大家乐”（我们全家与姥姥姥爷及众多舅舅舅母、表兄表弟、表姐表妹的大家族欢聚）之外，再也找不到其他更多的影像资料。

在个人的人生履历里，我也算是个“子承父业”的早年参加革命工作的文艺工作者，为了合理规避知识青年“上山下乡”的时代铁律，为了减轻父亲因“走资派”下放农村劳动的家庭负担，1970 年不足十二周岁我便以优异成绩进入西安市文艺战士训练班（今西安市艺术学校）参加了革命工作，学演革命样板戏，经系统性专业培训，曾先后司职演员、乐队演奏员和音乐创作员。自此，便开启了少小离家，与世亲近，与家疏离的人生大幕。

此后，艺校学艺十年，音乐学院习乐五载，经西安音乐学院、中央音乐学院多位知名教授的悉心栽培，我于 1985 年作曲本科毕业留西安音乐学院作曲系任教；1990 年奉调晋京进入总政歌舞团创作室任专职作曲家。一晃数十年过去，我亦如父亲般勤勤恳恳、认认真真、稳稳当当、忙忙碌碌。除了每年假期探家省亲或父母进京小聚，与父亲母亲促膝畅叙、尽享天伦的日子可以说屈指可数。

2002 年初夏，家父突患心肌梗死入院抢救，接到二弟急电，我便匆忙飞回西安探视。那一次的抢救，那几天的陪护，使我有生以来第一次真真切切地意识到父亲母亲老了。

从 2006 年开始，随着年事的增高、体质的衰退，危及父亲生命的已不再是可怕的冠心病，更加可怕的间质性肺炎成了父亲的“心肺大患”。正是从那时起，让我从真真切切意识到，父亲母亲需要我们精心照料了，一下子上升到为人子者尽孝的时间不多了的认识高度。

2006 年末，我在调整好个人工作、安排好私人生活后毅然决然地暂别京城，义无反顾地回到了阔别二十年的故乡西安。那时的我只有一个信念：要以实际行动弥补为人子者的孝道缺憾，以精心照料偿还吾之父母的养育之恩。

回归故里、陪伴父母的日子充满幸福与欢乐。经医生的悉心医治和家人的精心照料，父亲的间质性肺炎步入时好时坏的病情常态化阶段。在得知父母有与我同游巴蜀并借机探望离休在成都的舅父舅母的愿望后，我安排了此生第一次与父母的携手远游。

2007 年 5 月 13 日，阳光明媚、神清气爽，我和我的父亲母亲一行三人登上西安飞往成都的班机，开始了我们第一次、也是最后一次携手远游。

其实，父亲与母亲的结伴同行并非第一次，尽管他们一心扑在工作上，在职时从未享受生活，但离休后数次参与有关部门组织的老干部旅游观光、参访考察；我与父亲、我与母亲或我们全家大人小孩家庭式的游山玩水也不止三次五次。之所以说此次携手远游意义特殊，皆因此次携手远游系“三人行”。

也许在一般人家、寻常人等眼中，此类远游平常无奇、司空见惯，可在我久久难以平静的心里，如此亲情浓郁的携手远游非同寻常。非同寻常在于父母年事已高，且父亲身患重疾每况愈下；非同寻常在于忙忙碌碌半生，我未尽人子者孝敬父母事；非同寻常在于三人携手远游，促膝畅叙尽享天伦之快慰。

那天在机场，我们留下了一生第一次的“三人行”合影；那天在旅途，我们共享了一生第一次的空中促膝畅叙；那天在成都，我们让亲朋好友见识了尽享天伦的快慰。一次远游让人一生难忘，一次远游让人受用无尽。

那次我和父亲母亲的携手远游历时月余，期间，我们“三人行”同游乐山、峨眉、青城山；草堂、锦里、都江堰；武侯、金沙、宽窄巷；青羊、永陵、文殊院。此后我还与母亲、舅母一同游历了九寨沟、黄龙、四姑娘山等名胜，遗憾的是父亲与舅父皆因身体不适宜登高奔波而留守成都大本营。

那年，父亲79岁，母亲76岁，舅父74岁，舅母70岁，我49岁。

《论语》中说："君子务本，本立而道生，孝悌也者，其为人之本也。"

《孝经》中更明确地指出："孝，德之本也，教之所由生也。"中国古代所说的"百善孝为先""人之行，莫大于孝"等等，无不强调"孝"是一切道德的根本，一致认为"孝"在维护人伦关系中具有极为重要的人文妙用。

父母对我们的恩情，像黄河长江之水一般，源源不断，像珠穆朗玛峰一般，生生不息。这样的恩情，我们一生一世如何能报得了呢？何况岁月不饶人，父母并不能长生长在。父母的恩情就好比天地一样博大，是永远也报答不尽的。

我很庆幸，父母在，能有一次铭心一生的三人行远游。一次远游，是亲情；一生难忘，为亲疼；一世受用，亦亲享。

郭洪钧，西安人，国家一级作曲家，亚洲艺术家联盟执委会执行主席，文化部文化艺术发展中心艺术总监，北京郭洪钧文化创意工作室首席战略架构官。

35. 握 手

李雪慧

想不起从什么时候开始，握手成了我与父亲交流感情的一种重要形式。

这当然不会是我们惯常看见的那种官场式礼节性的握手。我与父亲的握手要随意简单得多。通常的情形是，从千里之外匆匆赶回老家的我，与闻讯而来的一干亲戚朋友寒暄问候完毕，待热闹的人群散去之后，便坐到已在一旁静观我良久的父亲身旁，伸出右手紧紧扳住他满是老年斑的右手，攥紧又放松，放松又攥紧，上下左右不规则地摇晃，如是反复多次，迟迟不放。

父亲大名李允洪，是吃粮票的人（改革开放前老家对吃公家饭人的称呼），这在我们那个世世代代面朝黄土背朝天、靠天吃饭的地方，很是受人敬重。父亲一年四季总是在外工作，打从有记忆以来，我心目中的他一直是一个陌生人的形象：不要说跟我谈天交流，平时连见面也很困难，只有家逢大事或者过年过节时，父亲才会短暂露面。

我是父亲五个子女中最小的一个。我的父母在新中国成立前都曾有过十分不幸的婚姻。新中国成立后政府提倡婚姻自主恋爱自由，同村又同姓的他们经人介绍大胆结合，成为当时乡里的美谈。父亲在 37 岁时才抱上了第一个儿子，到年近 50 岁时又抱上了我这个小儿子。因此，在我眼中，父亲似乎从来没有年轻过。

我对父亲有陌生感，但相信父亲对我的感受肯定是另外一番景象。

我出生在“文化大革命”前夕的 1965 年底。“文化大革命”全面爆发之时，父亲在一个公社担任副书记。他是那种行事低调、工作踏实、乡民信任的干部。运动起来后，公社里的造反派们似乎都没有想到要对他进行批判揪斗，他也没有参加纷乱争斗中的任何一支一派，变成了名副其实的逍遥派。直到有一天，一个乡亲跑到公社里来告诉他，有人要开会对他进行揪斗。于是他连夜出逃，赶了几十里路，直接从公社回到了老家。此后的一年里，他一直待在家里避风头。正在襁褓中的我自然成为他度过艰难岁月的最好寄托，而我也有幸成为他为人父之后唯一长时间怀抱在身的孩子。

父亲活了九十六岁，一直生活自理健健康康的，前年才无疾而终。他的人生分为三大部分：青少年时代生活在解放以前，他自小放牛做长工，颠沛流离，备受欺凌，是尝尽人间疾苦的三十年；步入中年欣逢改朝换代，他带头参加革命，很快成长为乡镇干部，经受政治斗争的风雨洗礼而始终兢兢业业，终能全身自保而受到

尊重，是为国效命为民尽力的三十年；1979 年退休后，他在家颐养天年，看到了国家走上改革开放的新路，看到了子女成家立业的甘甜，是他享受幸福的三十年。

对生活恬淡自守是父亲最大的特点。他在外担任公职多年，我们这些子女从未感受到他作为一个国家官员的特殊之处，他也从没有利用自己手中的权力为家人谋取任何的私利。他的五个子女除了一个顶职外，没有一个是沾他光、靠他打招呼拉关系跳出“农”门的。举一件事情就可以知道他的与世无争。他参加革命是在杭州刚解放不久，大约是建国之前的五六月份，但后来干部登记填表时为了纪念新中国建立这件大事，信手写成了 1949 年 10 月。建国前后工作可是离休与退休的经纬线。1979 年退休离岗时有好心人劝他向组织反映一下，说许多同事都能证明他是建国前参加革命的，完全可以享受离休待遇，他淡淡地谢绝了，说自己从赤贫的农民当上国家干部，政府已经待自己不薄了，不应该为一点小事再去麻烦别人。

对子女们平和也是父亲的特点。他很少与子女纵论长谈，也从不因为生活琐事而疾言厉色。但静水深流，安静平和的外表之下是他深深掩藏的真情真爱。记得有一次我带妻子女儿探望他，在房间里和他道别之后就下楼走了，待我们一家三口走得很远回望时，眼尖的妻子告诉我，父亲还趴在二楼的窗口探头目送我们呢。我顿时眼睛就湿润了。

父亲听力不好，纵有千言万语，也很难畅通地交流。所以每次我与他的深层接触都是从握手开始的。一旦我向他伸出右手，他马上会很自然地用右手接住，然后就这样握着手停留着，有时两个人之间不发一言，有时也会含含混混地聊上几句。握手，通过手掌的接触和摇晃传递的温度、力度、频度，我能真切感受到父亲的身体状况和精神状况，父亲也一定会感受到在外工作的小儿子对他浓浓的爱意。

再用力握住你的手，成了我永不可能的奢望。父亲，离开我们已经三年。

李雪慧，1965 年 12 月生于浙江省富阳县常安镇大田村，1982 年考入浙江师范大学历史系，1986 年考入北京大学历史系。现任检察日报社党委书记、社长，最高人民检察院影视中心主任。

36. 戒　指

许艾素

爸爸 40 岁有了我，而我 40 岁没了他。

那年 6 月，我在徐州出差，接到家里妹妹的电话说：“姐，爸爸病危，你快回来。”我心里咯噔一下，不相信，因为我刚离开爸爸不到两天，怎么就会病危了呢。

爸爸是直肠癌患者，为了有一个好的生活质量，他选择保留肛门手术。我尊重他的选择，在我看来，爸爸的选择永远是对的。但没有想到是，手术后刚刚一年，癌细胞死灰复燃，填满了他的盆腔，再住院时，已经没有手术机会了。加上他因肾动脉高压导致肾衰竭，在癌症爆发的打击下，曾经是空军第一批飞行员的他，弱弱地躺在了病床上。我从徐州直接赶到医院，看到爸爸正坐在床上喝水，俨然看不出病危的样子。见到我咧开嘴巴笑了，嘴巴里仅剩的几颗牙全都暴露无遗。“丫头你回来啦，你要是昨天回来就好了。我昨天发高烧，快冻死了，他们给我报了病危。你信吗？”

看到爸爸的状态，我的心稍稍放下一些，和爸爸寒暄几句，赶紧到医生那里看病历。主治医师对我说："老人家情况很严重，冰冻骨盆加之尿毒症晚期，使他既不能解大便，也不能排小便，'两条路'都堵死了。"所有化验单和检查结果告诉我，爸爸能和我在一起的日子不多了。

坐在医生工作站电脑旁，我一边看爸爸的病程记录，一边和医生商量用药和治疗。说实话，这样的情况，我感觉爸爸恐怕熬不过10天，但我真的不忍心，也不甘心。我和医生商量给爸爸透析，同时，对肛门旁边形成的窦道进行清理。那一刻我就想，从今往后，我要分分秒秒陪着爸爸，为活着的他做一切。

回到病房，妹妹正在很吃力地给爸爸清理尿不湿上的粪便，见我进来，爸爸脸上露出难为情的样子。我走到爸爸身边附身对他说："爸爸，我和妹妹给你把屎把尿，你配合一下哈。"说完，我脱下鞋子站在爸爸床上，一只脚跨过爸爸身体，用双手小心地将爸爸的双腿抬起来，妹妹则配合我，将粪便清理干净，用清水给爸爸洗净下体。我们配合得非常默契，这样的动作，我们每天要做数十次。

也就是从那天起直到爸爸病故，我在陪爸爸的短短42天中，学会了面对死亡。

一天下午，我陪爸爸做完透析，他的情绪看上去格外好，人也显得很有精神。“丫头，这首歌很好听，你把 MP3 声音放大些。”在《爱的代价》旋律中，爸爸一脸慈祥地问我：“你怎么不去上班啊？是不是我就要不行了？那你必须告诉我，还有几天。”我回避着爸爸坚毅的目光，骗自己也是骗爸爸说：“还有很久，我休假陪您一段时间。”爸爸忽然攥紧了我的手，目光也变得柔和起来。“我给你钱，你去买一枚好看的戒指吧。”爸爸说。“不，爸爸，我有钱。”“我想给你买一枚戒指，但没有力气了，你自己去买，算是老爸送给女儿的纪念品。”爸爸感觉到了我的难过，握着我的手说：“没别的意思，我就想啊，在我的葬礼上，我的女儿必须是漂漂亮亮的，让我转身去天堂的时候，一眼就能看到，你不可以哭哭啼啼啊。”

按照爸爸的意思，我和妹妹买了漂亮的戒指，配上雅致的项链给爸爸看。“好看。为老爸送行的时候必须戴着。”爸爸嘱咐说。

戒指好像一下子扯开了我和爸爸之间对于死亡的纠结，我们父女俩专心致志地享受他短暂的余生。

“丫头，你小时候都没有用过尿不湿。”“是啊，可爸爸给我换洗过尿布啊。”给爸爸换尿不湿时，我和爸爸调侃道。

“丫头，你还记得前年在天津海滨浴场，咱俩比赛水中屏气吗？当时你穿的就是这件粉色游泳衣。”我给爸爸洗澡时，爸爸开心地对我说。“爸爸记性真好！”我真心夸赞着。

“丫头，我想吃阿拉斯加大鱼头，别让医生知道。”“没问题，爸爸，我陪您一起吃。”于是，我和爸爸真的吃了。反正第二天要透析，我想。

“丫头，你扶我站一会儿，也许，我还能陪你跳一曲呢。你记得吗，想当年老爸带你满舞池旋转，多让人眼热啊。”“好的，爸爸，我们今天在病房跳一曲华尔兹咋样？”于是，我和爸爸真的跳了。爸爸一边缓慢地挪动脚步，一边低声哼唱着《友谊地久天长》，惹得病区医生护士一边围观，一边默默打着节拍。我无比幸福地伏在爸爸肩头，看到了主治医师在流泪。我知道，这一定是最后一曲。

“丫头，我今晚想悄悄溜出去看看城市夜景。”爸爸的话难住了我，可看着他那渴望的目光，我悄悄跟主治医师商量，为了爸爸，我晚上必须陪他出去看看。老爸的乐观在病区是出了名的，医生默许了我的要求。夜幕降临，爸爸坚持不坐电梯，于是，在战士们的帮助下，我陪他顺着楼梯一步一步走下楼，然后，坐上早已等候在病房楼前的卧车，缓缓离开医院，沿着城市环线，一圈一圈慢慢地走。“丫头，咱们的城市真美！咱们的国家真美！咱地球人真有福气！”我知道，这是爸爸最后一次看城市的灯火。

“丫头，我要去天堂见你妈妈，想给她带一件礼物，你从小盖的那床真丝小棉被我要带走。”“行。只要爸爸妈妈喜欢。”说

完这话，我忽然感觉不舍。不是不舍那床真丝小棉被，而是不舍爸爸。

“丫头，送我走的那天，不要让我的老战友们知道。天堂的门还没有向他们打开，不要惊扰他们。”“知道了，爸爸，不告诉他们。”我知道，因为家里没有任何亲戚，所以，爸爸将老战友视为亲人。

“丫头，送我走的时候，不要放哀乐，我喜欢这首《爱的代价》。我的照片希望用红色做底。我走的时候，希望是一个大晴天。”那一刻，我看到了爸爸心里的阳光。

“丫头，我走后，你不要向空军提任何要求，不要给空军领导添麻烦，我们家已经得到太多了。”我懂得要学爸爸一生高尚清廉。

“丫头，你一个和平年代的女兵，能立上 4 个功，爸爸很为你自豪，但一定要劳逸结合。我打仗时得到的那些军功章就不带到天堂去了，你留着，将来，可以留给你的儿孙。”那一刻我知道，世间一切浮华都不会被我们带走，荣誉可以青史传颂，活着时健康最重要。

“丫头，外面热吗？我真想带你再去趟海边，看着你像小时候一样，笑嘻嘻地从海水里冒出来。”我知道爸爸又在怀旧了。

“丫头，我相信天堂里一定是一家一家的人聚在一起，有一天，你也会到天堂里来找爸爸妈妈。”我感觉到爸爸对我的不舍。

“丫头，我不会在过节的时候去天堂，我要么就是在天堂和你妈妈过节团聚，要么就在人间和你过节团聚。”

“丫头，我去天堂时，不要让我在“驿站”（爸爸对殡仪馆的称呼）住得太久，那里很冷。”

“丫头，我决定走的时候，你不许自作主张给我插氧气管子。”

“丫头，把我那套冬天穿的将校呢军装找出来，佩戴上领章和帽徽。估计我已经穿不上了，但是，我得带到天堂去。”说这话时，我分明看到父亲脸上的笑容很灿烂。

在爸爸一声声“丫头”的呼唤中，他奇迹般地挺过了一个 10 天，又一个 10 天。爸爸对我似乎有说不完的话，在报病危第 40 天的中午，他忽然跟我要了一支笔和一张纸。我认定，爸爸要写遗嘱，但是，爸爸没有。他让我扶起他那异常孱弱的身躯，用笔在纸上一笔一画吃力地写着，但我却看不出他写的是什么。写完，他长长地舒了一口气，问我："丫头，知道我写的是什么吗？""爸爸，我看不出来。""傻丫头，爸爸是共产党人，是有信仰的人，爸爸写的是'共产党万岁！'"说这话时，他是那么自豪。那一刻我也知道，他对我有了一个很隆重的嘱托，人，要有信仰。

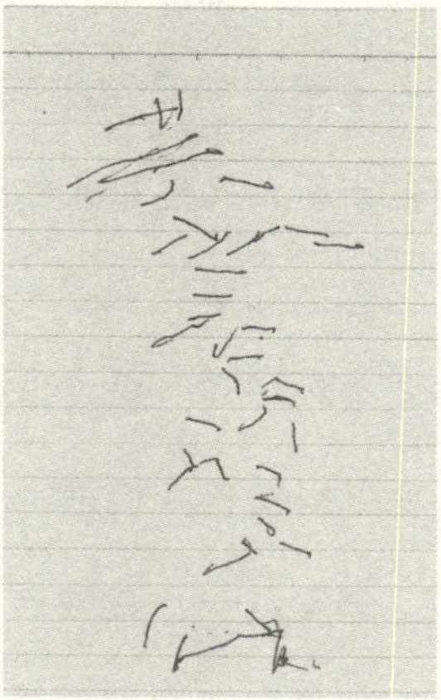

也是从写完这几个字之后，爸爸彻底没有了说话的力气，握我的手也没有什么温度，但头脑依然清醒，看我的那双眼睛显得格外深情，只要醒来就盯着我看，像要把我看到他心里去。

那年7月31日中午，爸爸报病危的第42天，晴，爸爸在我的臂弯里安详地走了。他曾告诉："丫头，我总有一天要到天堂找自己的队伍去。"

记忆中，这是我离开父母上军校后，和父亲在一起待得最长的一段时间，很幸福，很珍贵，也很难过。每一天都意味着更加接近离别，直到这个阳光明媚的7月31日到来。爸爸悠然驾鹤西行，我竟然还深陷与爸爸的团聚中不觉难过。轻轻地为爸爸沐浴更衣，为他穿上将帅戎装，送他前往天堂。我精心把那床爸爸点名要带走的真丝小棉被烧掉，看着火光融融，心生万千不舍。很多年后，同是军人的老公曾经问我：“为老爸送行的那天，你为什么忽然如满怀仇恨一样把自己手里好好拿着的爸爸最爱的小暖壶摔个粉碎？”我告诉他：“我不是不敢面对爸爸的离去，只是真心舍不得爸爸，但是，爸爸舍得我。”

那年八一，我独自过了一个没有爸爸的建军节，忽然感觉自己长大了。在送别仪式上，当《爱的代价》旋律响起的瞬间，我遵从爸爸的嘱咐，没有哭，一身戎装，戴着爸爸送我的戒指，站在他的棺椁旁，向同是一身戎装的爸爸道别。

“爸爸，建军节快乐，咱们天堂见！”

许艾素，中国人民解放军空军总医院对外宣传负责人，参加过抗击非典、抗震救灾，多次承担国家、军队重大事件和任务的信息组织及报道，曾荣立三等功 5 次，多次获国家和军队高等级表彰。

亲享

（后记）

一篇记录亲情的文字，作者来来回回修改了九稿，为的是更逼近不敢轻易触碰的内心；而同样是感念亲人的文字，作为本书主编，有的我却未动一个字，为的是更真实保留亲情的原汁原味，更平实表达亲情的自然。

这些天来，一次又一次沉浸在这样的温软里，内心充满感动。36 篇记录家长里短和细细微微琐碎生活的文字，让我深深感受到，温软，是每个人以自己的方式感受亲情、拥享亲疼的温暖和柔软。然而，我们最终都要面对亲人离去那一刻生与死的纠结，或早或迟自己也会有离开世界那一天，让我们的下一代面临同样的纠结。问题是很少有人教我们，在生命的旅程中，在那一天到来之前，如何做到能拥享更多一些幸福、更多一些美好，能更少一些愧疚、更少一些遗憾，而那一刻到来时，我们又如何做到可以更少一些眼泪、更少一些感伤。

在这个忙碌与喧嚣交杂的时代，我们似乎越来越淡却了人性里最该敬畏的亲情。所有的理由，似乎都是要等到事业更成功、条件更优越、时间更充裕，才会去呵护生命里最重要的人，才会重拾遗落太久的亲情。太多的“子欲养而亲不待”的感伤，并未能足够警醒更多的人对亲情的更珍重、对当下的更珍惜。正是这样的背景下，北大出版社再版亲情文集《亲疼》，并出版姊妹篇《亲缘》，同时邀请我主编由三十二位作者的亲情文字结集的《亲享》，构成催人回归本源的《孝·亲三部曲》，意在让我们于充满焦虑的当下，重新感悟人性中最温软和最可珍贵的亲情。

有多少个父母，就有多少份对儿女的亲疼，而有多少个在亲疼中长大的孩子，未必就一定有多少理解父母内心情结的儿女。然而，当你静下心来阅读来自不同领域、不同区域、不同年龄段、不同环境下的作者浸透亲情的文字，或许你会反思自己太多的淡漠或不应该，你会重拾生命里的遗落。

感悟亲疼，你会更珍惜亲缘。拥享亲疼，我们的内心会不纠结、少纠结，前行的生命会更有力量。

亲，是血脉，是至近，更是血脉相连而来的心灵靠近；享，是拥有，是珍惜，是亲情相通。亲享，是至亲至近间彼此牵挂的心疼和被心疼的幸福感，又是心灵相通的幸福体验。

亲情，就在你的骨髓、你的血脉，只是不经意间我们淡忘得太久，疏忽得太多。重拾遗落的亲情，心会变得更温软，而温软，是每个人心灵的正能量，是这个社会向善之心的相惜、相伴和相携。

亲享，是亲孝于当下、享爱于亲在的亲情拥享，是对珍存于至亲内心各种情结的感悟、理解与呵护。感悟亲享，生命会更温暖，生活会更美好。

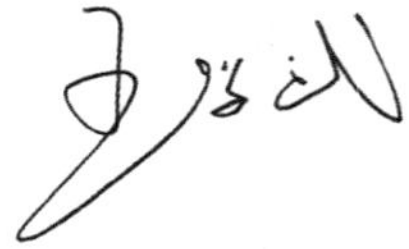

2013 年 7 月 6 日